"아무래도 나는, 너를 한 사람의 여성으로서
좋아하게 되어버린 모양이다."

오우즈카 마이

용모완벽, 문무겸비의
퍼펙트한 여고생.
조금도 흠잡을 데가 없다.
이명은 『슈퍼 달링』

"갑자기 비행기 태워줘도
미소밖에 줄게 없는 걸?"

세나 아지사이

포근한 분위기를 풍기는
우리 반의 대천사

"내 최애는 마이니까!"

코야나기 카호

그룹의 마스코트이자
여동생 같은 존재.

마이네 그룹이 모이면,
교실이 반짝반짝 빛이 난다.
다른 멤버들도 감탄이 절로 나오는
존재니까 말이지.

"⋯⋯너 이렇게나
재미있는 애였던가."

코토 사츠키

후배 미인인
보통 소녀.

물론, 나는
빼고 말이야!

"사랑하고 있어, 레나코."

"친구사이에 무슨 소릴 하는 거야……."

CONTENTS

Friends?

Lovers?

WATA NARI

본문 컬러, 흑백 일러스트   타케시마 에쿠

정말로, 더 이상은, 무리.

점심시간. 나는 한계까지 잠수해 들어간 물속에서 고개를 끌어 올리듯이 "저기 있지!" 하고 커다랗게 외쳤다. 대화가 끊긴 4쌍의 눈동자가 나를 향했다.

"뭐야뭐야?" "무슨 일 있어?" "……." "레나 짱?"

으…….

그중의 한 명, 우리 학교의 톱스타인 오우즈카 마이와는 최대 한 눈을 마주치지 않도록 애쓰며 손을 들었다.

"미안! 나, 그게, 저기, 갑자기 급한 용무가 생겨서…… 밥은 먼 저들 먹어! 미안, 정말 미안! 나중에 보자!"

빠르게 할 말만 내뱉고서 교실을 뛰쳐나왔다.

아아아, 분명히 이상한 애라고 생각할 거야.

하지만 나는 이미 한계였다…….

빠른 걸음으로 복도를 걷는다. 그러다 인적이 드문 층계참에 도달하자마자 스커트가 휘날리는 것도 아랑곳하지 않고 계단을 성큼성큼 뛰어 올라갔다.

스치는 바람을 느낀다. 지금 내가 가려는 곳은 옥상. 아무도 없 는 나만의 장소.

철문에 열쇠를 끼우고 문을 열었다. 드디어 눈앞이 활짝 열리 는 기분이 들었다.

푸른 하늘 아래에서 힘껏 숨을 들이마셨다.

아아, 다행이다. 산소를 섭취한 몸속의 세포들이 환희한다.

손만을 뒤로 돌려 문을 닫고서 터벅터벅 걸어 옥상 가장자리까지 도착. 가슴께 높이밖에 안 되는 낮은 펜스에 손가락을 걸고서 몸을 기댔다.

학교 안의 소음이 아득히 먼 곳에서 들려오는 느낌. 이곳은 그야말로 별세계다.

살 것 같다~~…….

그대로 흐물흐물 녹아내리면서 옥상 아스팔트 위에 무릎을 꿇었다.

"역시 외톨이를 벗어나는 건 무리였던 거지~……."

최근 두 달간 절실히 깨달았다. 나는 아무리 노력해본들 대화한마디조차 힘들어 하는 아싸라는 사실을.

나── 아마오리 레나코는 고등학교 데뷔에 대성공을 거둔 고교 1학년이다.

중학생 때의 나는 인생의 초보자라고 해도 과언이 아니었다.

교우관계 형성에 실패한 탓에 학교 안에 내가 있을 곳은 없었고, 그대로 외톨이로 직행.

외로웠던 주제에 아무렇지도 않은 표정을 지으며 『내가 좋아서 혼자 있는 겁니다만?』이라는 태도를 고집했고, 쥐 죽은 듯이 학교생활을 했다.

그러던 어느 날. 생각해보니 초등학교 생활은 즐거웠었지, 그때 친구들은 다들 뭘 하고 있으려나, 싶어서 SNS 등을 검색해 봤더니 의외로 몇 명쯤 찾아볼 수 있었는데.

아 그립네── 오랜만에 연락이라도 한번 해볼까나, 하고 태평스럽게 생각하고 있었는데 말이야.

이제는 무리무리. 내가 함부로 말을 걸 수 없는 사람들이 되어 있었다.

한밤중에 침대 속에서 이불을 돌돌 말고서 바라봤던 스마트폰 화면.

이번에는 하라주쿠로 팬케이크를 먹으러 갔다거나, 시부야에 옷을 사러 갔다거나, 어떤 남자애한테 관심이 있다거나, 오늘도 부 활동하느라 힘들었지만 올해야말로 전국대회에 나가고 싶다거나.

어린 시절의 친구들은 다들 무진장 반짝반짝 빛나고 있어서 눈이 부실 지경이었다.

다들 완전 딴사람처럼 변했어…….

이제 사는 세계가 틀리구나, 하고 차분히 생각해 볼 겨를조차 없었다.

부스스한 머리에 잠옷 차림인 지금 내 모습을 돌이켜보고서 생각했다.

어라…… 나, 위험한 거 아냐……?

──압도적인 위기감!

그렇지만 이대로라면 나는 고등학생이 돼서도 변하지 않을 게 분명하잖아.

세상의 흐름에서 뒤처진 채, 그냥 이대로 어른이 돼서 취직을 하고, 습관이 된 소셜 게임의 스태미나나 멍하니 소비하는 그런 인생을 사는 거잖아……?

아니, 그건…….

그건 역시…… 역시 싫어어!

상당히 현실적인 미래 예상에 눈물은커녕 토할 것 같은 메스꺼움을 느끼면서, 나는 침대에서 벌떡 일어났다. 『리얼충 인싸 되는 법』을 인터넷에 검색하고, 입으로는 위험해. 위험해를 계속해서 중얼거리면서 화면을 노려봤다.

아마오리 레나코는 오늘부터 달라지는 거다!

귀여운 아이들이 있는 그룹에 들어가서 연애 이야기로 꽃을 피우고, 학교가 끝나면 백화점에서 화장품 쇼핑. 멋진 연인도 만들어 버리는, 그런 최고의 고등학교 생활을 보내기 위해서!

──그런 결심을 토대로 나는 상당히 노력해왔다.

외모를 가꾸고, 말하는 법을 바꾸고, 자세도 똑바로 교정하고서, 미소 짓는 법을 익혔다. 마치 찌그러진 모양의 점토를 정성스레 반죽하듯이, 그야말로 딴사람처럼 달라졌다.

사는 곳에서 꽤나 떨어져있는, 아는 사람이 없는 공립 고등학교에 지원해서 인생의 재시작을 노렸고, 합격했다. 펑펑 울었다.

고등학교 입학식 날에는 『제법이잖아, 언니』라며, 인싸의 대표나 마찬가지인 여동생도 보증해줬고, 『어머어머, 좋구나. 응. 굉장히 보기 좋단다』라며, 엄마도 나를 보고 안심하셨다.

중학교 시절엔 등교 거부로 고생시켜서 미안.

레나코, 꼭 반에 잘 녹아들어서 훌륭한 양산형 여자가 될 테니까!

단단히 준비한 채 임했던 입학식.

리얼충 인싸가 목표다―! 하고, 결의를 다진 나에게 운명적인 만남이 있었다.

유명 디자이너인 어머니를 두었고, 스스로도 프로 모델로 일하고 있는 슈퍼 고등학생. 오우즈카 마이 양과 같은 반, 그것도 옆자리가 된 것이다.

오우즈카 양은 금발에 푸른 눈을 가진 쿼터, 거기다 엄청난 미인이라서 말도 안 되는 존재감을 내뿜고 있었다. 그 미모에는 반 아이들 전부가 멍하니 눈길을 빼앗길 정도. 어떤 왕국의 공주님이 남 모르게 고등학교에 입학한 건가……? 반 아이들이 술렁거렸다.

아니 그보다 이 사람, 나도 잡지에서 본 적이 있는데요! 여여여, 연예인이잖아!

그 당시의 나는 아직까지 고등학교 데뷔에 열정을 불태우고 있었다. 최강의 고등학교 생활을 보내기 위해서 최상의 환경을 손에 넣으려고 행동했다. 그건 바로 오우즈카 양의 옆이다!

『헤헤, 처음 뵙겠습니다, 아마오리 레나코라고 하는데요―……저기, 저와 친구가 되지 않을래요?!』

오우즈카 양은 하룻강아지 범 무서운 줄 모르는 서민에게 화를 내거나 하지 않고 태양처럼 환하게 웃었다.

『물론이고말고. 나야말로 먼저 말을 걸어줘서 고마워. 잘 부탁해, 레나코.』

위험했다. 미소 한 방으로 녹다운 당할 뻔했다.

이게 바로 일본 톱 레벨의 미소녀. 그런 사람이 초등학교 이래, 가족 말고는 처음으로 나를 이름으로 불러줬다고.

팬이 될 수밖에 없는 거 아니야?!

그렇게 뭐, 첫날의 대화를 계기로 나는 오우즈카 마이 그룹에 들어가는 데 성공했다. 성공해버린 것이다.

다섯 명의 여자애들로 이루어진 오우즈카 그룹은 당연히 교내 상류층에서도 정상을 차지했고, 오우즈카 양과도 대등하게 이야기를 나눌 수 있을만한 초절정 인싸들만 모인 인외마경으로 변했다.

당시의 나는 『와~ 친구들이 전부 성격도 좋고 귀여운 아이들뿐이다—!』라며 들떠있었다. 그 앞에 기다리고 있을 나의 슬픈 미래를 알지 못한 채⋯⋯ 이 얼마나 어리석은가, 레나코여⋯⋯.

모든 게 순풍에 돛을 단 것만 같았다. 어딜 가든 오우즈카 양의 화려한 소문들이 들려왔다.

『그나저나 여자가 보기에 오우즈카 양은 어때? 아니, 남자 입장에서는 이미 역사상 최고의 미모라고 생각하지만.』

『어, 왠지 세계관 자체가 달라서 그저, 아아 오늘도 오우즈카 양은 예쁘구나, 반짝반짝거리네⋯⋯ 라는 생각밖에 안 든다고 할까.』

『여러모로 현실을 뛰어넘은 판타지적인 존재지. 그러면서도 의외로 가볍게 말도 걸어오고…… 백성들의 삶을 직접 살피러 나온, 모두에게 사랑받는 여왕님이라는 느낌!』

남자든 여자든 모두들 오우즈카 양한테 푹 빠져있는데 나는 그런 오우즈카 양에게 언제든 말을 걸 수 있는 위치에 있다……. 이게 인싸가 아니면 뭐란 말인가!

참고로 아시가야 고등학교 안에서는, 사흘도 지나지 않아 자신의 왕국을 건설한 오우즈카 양에게『슈퍼달링』이라는 별명이 붙었다.

슈퍼달링. 순정만화나 드라마 작품 속에서 등장하는 완전무결한 남자 캐릭터한테 붙는 별명이다. (달링은 해외에서는 성별과 상관없이 사랑하는 사람을 부르는 단어라서, 오우즈카 양한테 써도 딱히 틀린 말은 아니다.)

오늘도 아시가야 고등학교에서 사랑의 꽃을 피워내고 있는 오우즈카 양과 같은 그룹이라니, 나는 행복한 사람이다. 아침에 일어났는데 학교에 가는 게 기대되는 건 태어나서 처음이야!

그렇게 시작한 지 두 달.

반짝이며 빛났던 꿈만 같은 나날들은 경쾌하게 흘러갔다.

동경했던 생활을 완벽한 형태로 손에 넣었던 나는…….

나는…….

순식간에 한계에 다다랐다.

모든 건 내 분수에도 맞지 않게 상류층에 소속되어버린 데서 비롯된 참사.

나를 제외한 네 사람은 정말로 예쁘고, 말도 재미있게 하고, 두뇌 회전도 빠르고, 분위기를 능숙하게 읽어냈다. 학력으로 따지면 편차치 75점 정도였다.

그런데 편차치 35점 정도인 내가, 대체 어떻게 이 아이들에게 맞춰서 학교생활을 할 수 있었는가. 그 비결은 바로!

……『아무튼 엄청나게 열심히 하자』였다.

작은 맞장구 하나라도 놓치지 않도록 신경을 바짝 곤두세웠다. 눈이 핑핑 도는 빠른 템포로 이어지는 대화에 따라갈 수 있도록 집중했다. 필사적으로 미소를 지었다.

그 결과── 집에 돌아오면 매직 포인트가 바닥나서 침대에 널브러지기 일쑤! 수고하셨습니다. 자기 전에는 오늘 하루의 행동을 돌이켜보며 자신의 실점을 하나하나 꼽으며 반성하는 나날!

어라…… 이게 내가 추구했던 인싸의 삶……? 사랑하는 침대 속에서 허무한 표정으로 생각했다. 백조들 사이에 섞인 한 마리의 미운오리 새끼 같은데요…….

생각해볼 필요도 없이 답은 이미 명백하게 나와 있었다. 그렇다, 태생부터 아싸가 겨우 두 달 사이에 인싸가 될 수 있을 리가…… 없었던 것이다……. 너무나도 가혹한 현실…….

그럼에도 무리를 해서라도 친구들과 함께 있고 싶었던 나는 계속해서 노력했고, 언제부턴가 잔뜩 혹사당한 스마트폰처럼 머리가 뜨거워지더니.

──그리고 오늘, 마침내 작동 불량을 일으키게 되고 말았다.

나는 그룹에서 뛰쳐나와 옥상의 펜스에 몸을 기대고서 눈을 가늘게 뜬 채 하늘을 올려다보았다.

"하아…… 바람 시원하다……."

여기에는 아무도 없다. 주변의 안색을 살필 필요도 없다.

안전펜스가 낮기 때문에 본래는 출입이 금지되어있는 위험한 장소였지만 나에게 있어선 천국이나 마찬가지. 뇌는 방열모드에 들어갔다. 여기선 아무런 생각도 하지 않아도 되니까.

그렇게 완전히 혼이 빠져나가버린 것 같은 눈으로, 입은 반쯤 벌리고서 온몸에 힘을 쭉 빼고 어딘가 먼 곳을 멍하니 응시하고 있었을 때였다.

일단 나도 남들의 주목을 받는 그룹의 일원이니까 교실에서는 이런 얼빠진 얼굴을 하고 있을 수 없지만 지금은 여기에 아무도 없으니까── 그런 생각에 완전히 마음을 놓고 있었다. 인간으로서의 스위치를 꺼놓았다.

뒤에서 문이 열리는 소리가 들렸다.

……문? 어째서?

옥상 열쇠는 오우즈카 마이의 친구 그룹의 일원으로서 신뢰를 얻고 있는 내가, 선생님을 도와드리고 그 보답으로 빌려 온 건데…….

여전히 멍한 눈으로 천천히 뒤를 돌아보았다.

옥상 문 쪽에는 깜짝 놀란 표정으로 내 쪽을 바라보고 있는 눈부신 여자가 서 있었다.

긴 금발을 나부끼는 큰 키를 가진 미녀는 이 학교 안에 단 한 명뿐이다. 우주 바깥에서 바라봐도 육안으로 볼 수 있을 정도로 찬란하게 빛나는 슈퍼 여고생── 오우즈카 마이다.

스커트 아래로 뻗어 나온 다리는 늘씬하고 쓸데없는 군살은 전혀 없었다. 가는 허리를 보면 언제나 코르셋으로 꽉 조이고 있는 것만 같다.

조막만 한 얼굴이 몸 전체의 밸런스를 한층 더 두드러지게 해서, 언제 어느 때고 한 폭의 그림이 되는 미인. 인데 말이지.

그녀는 더 이상 없을 정도로 절박한 표정으로 옥상의 지면을 박찼다.

"레나코! 안 돼!"

"어?"

오우즈카 양이 나를 향해 다가오는 모습이 슬로 모션처럼 보였다. 양손을 길게 뻗고서 달려오는 그 박력에 겁을 집어먹고서, 나도 모르게 도망치려고 양팔에 힘을 주자.

휘청, 하고 펜스가 넘어가버리고 말았다.

"아."

무게가 앞으로 쏠리면서 몸이 푹 고꾸라졌다. 펜스 너머로 미끄러져 떨어지기 시작했다.

이, 이건.

눈 아래에는 학교 뒤편의 지면이 펼쳐져 있고.

혹시 떨어지는 거야? 이대로 떨어져? 십몇 미터 아래의 지면에 머리부터 떨어져버려??『현대 사회의 그늘, 인간관계에 지쳐버린 여고생의 비극!』이라는 제목이 신문 1면에 실리는 거야?!

지금 당장이라도 옥상 바깥으로 떨어질 것만 같던 바로 그때였다.

누군가가 내 발목을 단단히 붙잡았다.

"큭, 이 내가 보는 앞에서 그런 짓을―― 하도록 둘 것 같냐!"

"오, 오우즈카――."

그녀는 펜스를 밟고서 뛰어올라 그대로 나를 품에 안으며 허공에 몸을 던졌다.

"――야앙?!"

부유감, 그리고 시작되는 낙하.

아니 이러면 오우즈카 양도 같이 떨어지는 거 아냐?!

"이제 괜찮다, 레나코."

"지금 말 그대로 떨어지는 중인데?! 어째서 뛴 거야?! 뛰어오른 거야?!"

"걱정하지 마."

나를 품에 안고서, 정확히는 내 겨드랑이 아래로 두 팔을 넣어서 단단히 붙잡고 고정한 상태로 오우즈카 양이 내 귓가에 침착한 목소리로 말했다.

지금 한창 낙하하는 상황에서도 이 여유로움. 설마 이 녀석, 하늘을 날 수라도 있나?

"이 오우즈카 마이가 함께라면 무사할 게 당연하지. 나는 운이 좋단다."

"운이 좋음 같은 건 RPG에서 가장 쓸모없는 스테이터스잖아—!"

파득파득 요란한 소리와 함께 온몸에서 충격이 느껴졌다. 나무에 몸이 걸렸다는 걸 깨달은 건 그 직후였다.

위에서 떨어트린 솜이불 같은 느낌으로, 지상에서 약 3미터쯤 되는 높이에 있는 나뭇가지에 꺾인 기역 자 모양으로 대롱대롱 매달린 나는 천천히 고개를 들었다.

사, 살았다…….

"봐, 무사했지……. 별것도, 벼벼, 별것도 아니었어."

오우즈카 마이는 나와 같은 나뭇가지의 살짝 위쪽에, 산뜻한 표정으로 우아하게 다리를 꼬고서 앉아있었다. 마치 그곳만 풀장 옆의 비치 체어 같았다.

"목소리가 떨리고 있는데……."

"아래에 나무가 있다는 사실은 알고 있었으니까, 어떻게든 기세를 타면 살 수 있을 거라고 생각했어. 그다음은 내 운이 좋아서 다행이었지."

"그런 사고방식으로 살다간 분명 언젠가 죽을 거라고 생각해……."

옥상에서 떨어졌는데도 팔다리에 쓸린 상처가 생긴 정도로 끝난 나도 기적적이라고 생각하지만, 어째서 오우즈카 양은 그런 상처조차 없는 거야…….

심장이 아직도 두근두근거린다.

아니, 여차하면 지릴 뻔한 상황이었다.

옥상에서 줄 없이 번지 점프. 엄청 무서워.

"살아서 다행이다⋯⋯."

나도 모르게 안도의 숨을 내쉬자 오우즈카 양은 '맞다, 그랬지'라는 듯이 고개를 끄덕였다.

"그나저나, 어쩐지 상태가 이상해 보여서 너를 쫓아온 게 정답이었다. 이렇게 너를 구해낼 수 있었으니까."

예쁘고 부드러운 입술로 미소 지으며, 진심으로 안도하는 기색인 오우즈카 양.

그런데 말이지⋯⋯ 아주 크나큰 오해가 있다⋯⋯.

"아니, 저기⋯⋯ 나는 딱히 뛰어내릴 생각 같은 건, 전혀 없었는데⋯⋯."

손으로 턱을 짚으며 미소 짓고 있었던 그녀는 "응?" 하고 고개를 들었다.

"그럼 그때 고뇌하고 있던 표정은?"

"그저 멍하니 있었을 뿐이라서."

"겨우 그런 걸로 그런 표정을⋯⋯?"

오우즈카 양은 도저히 믿을 수 없다는 눈으로 나를 보았다. 내가 멍하니 있었던 표정이 옥상에서 뛰어내리는 건가 싶을 정도로 절망적으로 보였다는 뜻⋯⋯?

"하지만 너는 실제로 펜스를 뛰어넘으려고 했잖아."

"아니, 오우즈카 양이 갑자기 달려오니까, 저절로 도망가야겠다는 생각이 들어서⋯⋯."

"과연 그렇군."

"……그래서 나도 모르게 균형을 잃어서."

"즉."

우리 학교의 여신님은 손바닥에 얼굴을 파묻고 말했다.

"내가 너를 몰아붙이지 않았으면 괜찮았던 거구나…… 너를 위험에 처하게 만든 건 전부 내 탓이고…… 내 탓에 너는 자칫하면 죽을 뻔했던 건가……."

"아앗! 하지만 그래도 걱정해줬던 건 기쁘다고 할까! 그, 처음부터 오우즈카 양이 찾아오지 않았다면 떨어질 일도 없었겠지만!"

내 쓸데없는 한마디에 오우즈카 양이 한층 더 깊이 고개를 파묻었다.

"그렇구나, 전부 내 과잉 참견이 낳은 실수였던 건가……."

"아니, 그런 말을 하려고 했던 게 아니라! 그게 저기 그러니까."

가지 위로 조심스레 기어오르면서 황급히 적당한 말을 찾았다. 내가 이런 상황에서 자연스럽게 멋진 말을 건넬 수 있을 만한 사람이었다면, 처음부터 옥상에 갈 이유도 없었겠지만 말이지!

"오우즈카 양이 잘못했다는 말이 아니라 누구의 잘못도 아니라고 해야 하나, 처음부터 원인은 나한테 있다고 해야 하나."

말을 하면 할수록 오우즈카 양이 몸에 두르고 있는 반짝이는 입자가 빛을 잃어가는 느낌이 든다.

아아아, 정말이지 이제 이렇게 된 이상.

"저기, 나는!"

눈을 꼭 감고서, 외쳤다.

"여러 사람들 사이에서 이야기하는 게 서툴러서요!"

자잘한 앞뒤 사정은 전부 잘라먹고서 꺼낸 내 말에, 오우즈카 양은 다시 고개를 들고서 그 커다란 눈을 깜빡였다.

　"이야기하는 게 서툴러? 언제나 씩씩하고 명랑하게 행동하는 네가?"

　"말을 할 때마다 매직 포인트를 소비하고 있다고요!"

　"매직 포인트?"라고 되물으며 고개를 갸웃거린다. 오우즈카 양은 게임을 하지 않는 인종인 모양이다. 하나부터 열까지 전해지질 않아!

　"나는 회화 능력이 낮아서! 엄청 집중하질 않으면 농구의 고속 패스 연계처럼 오가는 대화를 도저히 따라갈 수 없게 되거나! 갑작스러운 침묵이 두려워서 어떻게든 아무래도 좋은 이야기를 나불거리느라 다른 사람이 말할 기회를 뺏어버리는 거야!"

　"?"

　"아무것도 느껴지는 게 없어?! 그런 거 있잖아! 실수 하나하나가 마음에 걸려서 침대 속에서 성대한 반성회를 여느라 잠들 수가 없다든가…… 없는 거야?! 대단하네!"

　마지막에 붙인 감탄은 정말 진심에서 우러나온 말이었다. 커뮤니케이션의 프로는 그런 걸 자연스럽게 해내는 게 정말 대단하다고 생각한다. 나로선 불가능해.

　"그래서 지친 나머지 이런 곳으로 도망쳐서 잠깐 숨 좀 돌리듯이 혼자만의 시간을 곱씹고 있었던 거야! 그러지 않으면 죽어버리는걸!"

　헥헥거리며 숨을 헐떡였다.

옥상에서 뛰어내려서 죽을 뻔했던 사람이 말하는 『죽어버린다』에는 나름대로의 설득력이 있었던 모양이다. 무결점의 미스 퍼펙트는 덧없는 미소를 짓고 있었다.

"과연. 그러면 나는 너를 무리하게 만들고 있었던 거로구나. 미안하다. 너도 즐거워해주고 있다고 생각하고 있었어. 설마하니 그 정도로 고뇌하고 있었을 줄은, 정말로 미안해……."

"그게 아니에요!"

그렇겠지! 서투르다는 둥 말하면 상대방이 신경 쓰게 되는 게 당연하겠지!

의도치 않게 오우즈카 양의 죄책감에 불을 지폈을 뿐만 아니라, 거기에 기름까지 끼얹고 말았다. 나는 나도 모르게 오우즈카 양의 소매를 붙잡았다.

"이야기하는 건 좋아해요! 다만 엄청나게 노력하지 않으면 안 된다고 해야 할까! 즐겁기는 즐거운 거야! 하지만, 그렇지, 스포츠 같은 느낌으로! 즐겁기는 하지만 힘들다는 감각! 나는 다른 모두들처럼 능숙하지 못하니까!"

그렇게 외치고 나서야 내 기세에 눌려 잠자코 입을 다물고 있는 오우즈카 양의 모습을 깨닫고 정신을 차렸다.

아아아아, 나는 지금 대체 뭘 하는 걸까…… 오우즈카 양, 질겁하고 있잖아…….

이건 오늘의 특대형 반성회로 최소 아침 5시 코스…….

오우즈카 양은 곤혹스러운 기색을 가득 담은 눈동자를 숨기지 못하면서도, 가느다란 실마리를 더듬어 가는 것처럼 입을 열었다.

"과연, 그렇군. 네 마음은 잘 알겠다……고 자신 있게 말하는 건 오만이겠지. 하지만 나도 그런 비슷한 기분이 들 때는 있어."

내 이야기에 맞춰주려고 하는 걸까…… 하는 생각이 들었지만. 그게 아닌 모양이었다.

오우즈카 양은 이미 내 쪽을 보지 않은 채, 시선을 살짝 비스듬히 내리며 입을 열었다.

그 모습은 명백하게 평소의 자신만만하던 그녀와는 달랐다.

"나는 보다시피 오우즈카 마이다. 축복받은 환경을 타고났고, 거기에 어울리는 노력도 하고 있다고…… 생각한다."

그렇게 당당하게 말하면, 응, 그러네, 싶은 생각만 든다.

오우즈카 양은 언제나 굉장해. 엄청나게 미인인데도 누구보다도 상냥하고, 성격도 좋다. 남을 구하기 위해서 옥상에서 뛰어내릴 정도로.

"모두들 나와 함께 있으면 마음이 편하겠지. 나도 될 수 있는 한 그런 장소를 만들려고 하고 있으니까. 모두가 기뻐하는 모습을 보는 건 기분이 좋아. 하지만 이런 생각이 들 때도 있어. 과연 모두들 진짜 나 자신을 봐주고 있는 걸까, 하고……. 갑자기 쓸쓸해지는 날도 있어."

"……그건."

"나는 남들이 나에게서 요구하는 오우즈카 마이를, 그저 연기하고 있을 뿐인 걸지도 모르겠어."

한순간, 오우즈카 양과 내 눈이 마주쳤다. 그녀는 곧바로 시선을 피했다.

"⋯⋯미안해, 언제나 완벽을 추구하는 오우즈카 마이가 이런 영문 모를 소리를 하고 말다니. 너도 당혹스럽겠지."

"아니⋯⋯."

뺨을 물들이며 부끄러워하는 오우즈카 양을 바라보며 아싸인 나는 (⋯⋯어쩐지 굉장히 중2병스러운 대사를 하고 있구나⋯⋯) 하고 생각하면서도.

진짜 자신이라.

"어쩐지⋯⋯ 오우즈카 양이 약한 소리를 하는 건 처음 들어본 걸지도."

세간의 인정을 한 몸에 받으면서 자랐던 오우즈카 양은 그런 불안감과는 인연이 없는 삶을 살아왔을 거라고만 생각했다.

내가 작은 소리로 우물거리며 말하자, 그녀의 눈처럼 새하얀 피부가 부끄러움으로 물들었다.

"물론, 아무한테도 말한 적 없었어. 너는 실망했나?"

"어? 아니, 전혀!"

이건 진심이다. 나는 당연히 아니라는 듯이 고개를 좌우로 흔들었다.

"오우즈카 양이 언제나 긍정적으로 노력하고 있다는 사실을 알게 돼서 다행이라고 생각도 들고! 그러니 나도 더욱 노력해야지⋯⋯ 그렇게 생각할 수 있기도 하고⋯⋯."

나는 한번 입을 열면 내가 말하는 내용에 열중하느라, 다른 사람의 얼굴을 볼 수 없게 되어 버린다.

"하지만 그저 매일 노력하기만 해서야 지치고 마는 것도 당연하니까. 그래서 나도 아까처럼 옥상으로 피난하고 있었던 거고…….”

반짝이며 푸른 하늘 위로 태양이 빛나고 있었고, 그 방향에는 저 멀리 옥상이 있었다. 잘도 저런 높은 데서 떨어졌는데도 무사했구나…….

“그보다 나무 위에서 무슨 소리를 하고 있는 거냐는 느낌이 드는데……. 오우즈카 양이 괜찮다면 다음에는 함께 옥상에 가자. 안전하게 펜스 안쪽에서, 같이 숨을 돌리자.”

필사적으로 얼굴에 웃음을 만들어내면서 오우즈카 양을 향해 두 팔을 펼쳤다.

“그런가. 그래서 너는 옥상에……. 그러나 너의 휴식을 방해하고 말았고, 거기다 내 착각으로 함께 떨어져 버리고.”

“그, 그건 이제 됐다니깐!”

몸을 내밀며 외쳤다.

“방금 전도, 지금도, 나는 오우즈카 양이 아무리 실패한다고 해도 반드시 받아들일 테니! 애초에 나도 매일매일 실패뿐인 인생이니까! 실패하는 것조차 용납할 수 없다니, 그런 건 무리니까! 괜찮아, 나도 함께 있으니까!”

어째서 나는 이런 소리를 나불나불 늘어놓고 있는 걸까.

“나는 이 정도가 아니야, 좀 더 좀 더 잘할 수 있어…… 그런 생각을 하고 있으면 점점 더 괴로워지고 마는걸. 괜찮잖아 그쯤은. 가끔씩은 쉬어줘도 말이야…….”

쓴웃음과 함께 토해냈던 연기와도 같은 내 말에, 오우즈카 양의 눈동자가 흔들렸던 것 같았다.

하지만 이건 분명, 내가 다른 누군가에게 듣고 싶었던 말이었다고 생각한다.

인싸가 되기 위해서 계속 노력하다가 때때로 멈춰 서고 싶어졌을 때, 그래도 괜찮다고. 옆에서 그렇게 말해주는 친구를 가지고 싶었으니까.

"잠깐…… 어, 어째서 오우즈카 양, 어째서 눈시울을 적시는 거야?"

"어? 아니, 어째서일까. ……왠지 굉장히 기뻐."

"뭐어~?"

너무나도 부끄러워져서 고개를 돌렸다.

"어. 어쩌다가 그런 거뿐이야. 나는…….."

아니 그보다 위험해. 나야말로 울고 싶어졌다. 매일 아침 공들여서 꾸민 스쿨 메이크업이 망가져버려.

이제 와서야 옥상에서 떨어지고도 살아남았다는 사실이 확실감이 됐다. 다리가 후들후들 떨린다!

"뭐, 뭐어! 천하의 오우즈카 마이의 버팀목이 되고 싶다니. 건방지다고 해야 할까, 수준차이가 너무 난다고 생각하지만요!"

울상인 채로도, 아하하, 하고 웃음을 지어 보였더니.

"그렇지 않아."

우와.

오우즈카 양이 금빛 머리카락을 부드럽게 흩날리면서 갑자기 내 손을 쥐었다.

따뜻한 온기가 느껴지는 희고 예쁜 손에 감싸 안기자 심장이 크게 두근거렸다.

하지만 그보다도 그녀의 곧은 시선에 담긴 힘이 나를 붙들었다.

"그렇게까지 말해주다니, 나는 행복한 사람이구나."

"엣, 아니, 그게, 으으……."

"너와 만날 수 있어서 정말 다행이야."

"우에에에에?"

내가 어휘력이 부족한 탓에 그저 스스로의 감정을 가감 없이 드러내는 것밖에 할 수 없었던 거에 비해서, 오우즈카 양은 어떻게 말해야 좀 더 효과적인가를 잘 알고 있는 연인처럼 내 마음을 정통으로 꿰뚫었다.

그저 괜스레 부끄러워져서 눈앞이 따끔거렸다.

"아니, 저기…… 나도! 친구를 갖고 싶어서!"

혼의 외침이었다.

오우즈카 양은 녹아내릴 거 같은 달콤한 미소를 짓고 있었다.

"친구가 되자, 레나코."

"어, 정말로?"

"아아, 진짜 친구가 되자."

같은 그룹에 있었는데도, 이 순간 처음으로 오우즈카 양과 마음이 통한 느낌이 들었다.

어째서일까 이거, 기뻐…… 엣, 기뻐!

오우즈카 마이와 아마오리 레나코. 학교의 슈퍼달링과 고교 데뷔의 평민.

전혀 다른 두 사람은, 만나야 해서 만난 거라고 생각할 수 있게 된 것이다.

그래서 나도 오우즈카 양이 쥔 손 위에 손을 올렸다.

"응…… 친구가 되자, 오우즈카 양. 아니, 마이!"

마이의 표정이 꽃처럼 활짝 피어올랐다. 후광이 비치는 듯한 성스러움에 날아가 버릴 것 같았지만 괜찮아.

지금 우리들의 손은 이어져 있으니까.

그런 식으로 서로 웃음을 나누고서, 나는 주머니에서 열쇠를 꺼냈다.

"언제든 좋으니까 말을 걸어줘. 휴식을 취하러 가자."

"후훗."

어디까지나 청순한 미소인데도, 아랫입술에 손가락을 대는 그 동작이 묘하게 요염하다.

"우리 둘만의 비밀이구나."

"엣? 아, 으, 응. ……그러네!"

같은 여자인데도 그 말이 야한 의미로 들렸던 건 분명 마이가 너무 예뻐서 그런 거겠지…….

"앗, 하지만 너무 압박감을 내뿜지 않도록 해줘. 긴장해버리니까…….."

"아니, 압박감을 내뿜었던 기억은 없다만."

"뭐어, 거짓말이야! 언제나 『내가 세상에서 제일 옳다』라는 표정으로 걷고 있다고!"

"그런 말도 안 되는. 하지만 대부분의 경우 내가 옳으니까…….."

"엄청나게 오오즈카 마이다운 말이네!"

이런 식으로 마이에게 장난칠 수 있는 날이 올 줄이야, 상상도 못 했다.

나와 마이는 소리 높여 웃었다.

앞으로도 이렇게 마이와 별거 아닌 이야기를 주고받으며 웃을 수 있다면.

나는 정말로 그것만으로도 충분했다.

"그나저나 이거, 어떻게 아래로 내려가면 좋담?!"

먼저 나무에서 내려간 마이가, 나를 공주님 안기로 밑에서 받아주었다.

우리가 옥상에서 떨어진 방향이 복도 쪽이라서 아무도 자초지종을 보지 못했다는 점이, 그야말로 마이의 『운 좋음』을 나타내고 있는 것 같았다.

우리들이 따로따로 돌아가기로 한 건, 우리의 관계가 『둘만의 비밀』이기 때문이다.

교실 앞에서, 후—후—, 하고 심호흡을 했다. 일단 먼저 화장실에 들러서 몸에 붙은 나뭇잎들을 다 털어내고 왔기 때문에 겉모습은 멀쩡할 것이다.

문을 열고 그룹 친구들에게 고개를 숙여 사과하려고 했던 그 순간.

"앗, 레나 짱, 방금 전에는 괜찮았어?!"

"어?"

"그야 갑자기 굉장한 기세로 교실에서 뛰쳐나갔으니까."

같은 그룹의 아지사이 양이 다가왔다. 그리고 카호 짱과 사츠키 양까지 나를 둘러쌌다. 히엑, 인싸 집단이다.

이렇게 주목받는 일에는 익숙하지 않아서 허둥거리고 만다.

"아, 아니, 저기. 바, 방금은 좀 기분이 이상해져서…… 그게."

오늘부터 다시 인싸 그룹에 섞여도 힘을 낼 수 있는 원동력을 마이에게 받았다. 분명 괜찮을 거다.

나 혼자서도 변명을 댈 수 있어! 하지만…… 어라, 갑자기 다시 배가 아파지는데!

그 순간 툭, 하고 내 어깨를 두드리는 손길이 있었다. 돌아보니 마이였다.

"컨디션이 안 좋아졌던 모양이구나, 레나코. 그래서 모두에게 걱정을 끼치고 싶지 않아서 그런 식으로 말했던 거지?"

"어? 아니, 그게……."

굳이 말하면 그 말이 맞기는 한데…… 하지만 정확하지는 않다고 해야 할지…… 당황하고 있던 부스러기 같은 나에게 마이의 미소가 날아들었다.

"──그렇지?"

눈을 가늘게 뜬 그녀가 내뿜는 강렬한 카리스마에 아무 말도 못 하게 된 나는 그저 고개만 끄덕거릴 뿐이었다.

뭐, 뭐지 이 친구는…… 너무 멋있어…….

그 날은 몇 번이고 마이와 눈이 마주쳐서, 나는 그때마다 마이의 웃음에 치유 받았다.

"저기, 잠깐 오우즈카── 또 너 연락처 좀 대신 물어봐 달라는 부탁을 받았는데 말이야──."

"아, 나도 나도. 아니 저번에는 다른 학교 학생까지 입구에서 기다리고 있지 않았던가?"

살짝 화려한 외양의 여자애들한테 둘러싸인 상태에서도, 마이는 부드럽게 대응하고 있었다.

"어쩔 수 없는 일이다. 이 오우즈카 마이는 한 사람뿐이니까 말이지."

굉장하네. 마이의 등 뒤로 장미가 가득 핀 정원이 보여.

"그게 기분 나쁘게 들리지 않는다는 점이 격의 차이를 느끼게 한다고 해야 하나…… 까놓고 말해서 오우즈카가 상대라면 같은 여자라도 괜찮다는 기분이 들게 되는걸."

"어? 너 그쪽 취미?"

"그건 뭐. 그야 슈퍼달링인걸."

떠들썩한 여자애들을 향해 "오, 뭔가 즐거워 보이잖아" 하고 잘 나가는 그룹 남자애들도 껴들어서 마이 주변에 눈 깜짝할 사이에 장미 정원이 아닌 사람 울타리가 완성됐다.

하지만 그런 와중에도 마이와 문득 눈이 마주치자, 그녀는 떨어진 자리에 있는 나에게 방긋 미소를 지어줘서.

"~~~~~~~!"

"레, 레나 짱, 무슨 일이야? 또 배가 아파?"

책상 위로 푹 엎드려서 몸부림치자, 친구들이 걱정이 되었는지 말을 걸어주었다. 죄송합니다.

저런 대인기인 오우즈카 마이가 나의 비밀 친구.

정말로 꿈을 꾸는 것 같아.

지금까지 모호하기만 했던 『친구』라는 단어가 오우즈카 마이에 의해서 형태를 바꿔갔다.

아아, 좀 더 좀 더 마이랑 사이좋아졌으면 좋겠다.

아직은 벌써부터 마음만 앞선 얘기기는 하지만 언젠가는 그녀의 가장 친한 친구…… 헤헤헤!

나는 신바람이 나서 그런 부끄러운 꿈을 꾸고 있었는데 말이지.

다음 날 옥상에서 일어난 일이었다.

자던 중 귓가에 심벌즈를 두드린 것처럼 나는 정신을 차릴 수가 없었다.

얼굴을 새빨갛게 물들인 채로 내 눈을 피하는 마이가 눈앞에 있고.

"미안하다. 나는 아무래도 너를 한 사람의 여성으로서 좋아하게 되어 버린 모양이다."

"…………."

나는 해님 아래에서 마이에게 고백받았다.

"어?"

잠깐만? 친구는 어디 가고?!

내가 태어나서 처음으로 고백받은 상대는 슈퍼달링이라고 불리는 여자애였다.

　"아니아니아니…… 무리잖아, 무리……."

　방과 후, 나는 다른 사람의 눈길이 닿지 않는 옥상에 올라와서 머리를 감싸 쥐고 있었다. 방과 후의 적당히 시끌벅적한 소음이 나를 더욱더 혼자 있을 수 있는 장소로 내몰았다.

　하지만 그렇게 놔두지 않겠다는 듯, 창공에 떠 있는 태양보다도 환하게 빛나는 여자가 내 곁에서 끊임없이 존재감을 과시하고 있었다.

　"어째서 무리인 거지? 너는 달리 좋아하는 애가 있는 것도 아니잖아?"

　"그야 그렇지만! 아니 그보다 어째서 따라온 거야, 마이!"

　"아직 너에게서 확실한 대답을 듣지 못했으니까. 이대로라면 밤에 한숨도 못 잘 거다. 그건 곤란해."

　"아— 정말이지……."

　수려한 외모로 나를 바라보는 것만으로도 긴장해버려서, 두뇌 회전이 평소의 절반으로 떨어진다.

　이제 친구로서 조금씩 익숙해져야지, 하고 생각하고 있었는데 선수를 뺏기고 폭탄을 투하 당한 기분이다.

　"그나저나『좋아하게 됐다』니…… 너무 빠르지 않아? 우리 둘이서 대화한 지 며칠 지나지도 않았잖아⋯⋯?"

"그래 맞아."

마이는 길게 스트레이트로 내려오는 금발을 바람에 나부끼면서 펜스에 몸을 기댔다.

"처음으로 드러냈던 내 연약함을 너는 전부 받아들여 줬잖아? 집에 돌아가서 너의 얼굴을 마음속에 떠올리면 가슴의 두근거림이 멈추질 않아서 말이야. 그건 내 인생에 있어서 굉장히 충격적인 사건이었어⋯⋯ 그걸 자각한 순간 깨달은 거야. 너를 좋아한다고."

"과장이 심하다고⋯⋯."

황홀한 듯이 말하는 마이와 질린 표정으로 바라보는 나.

"오우즈카 마이가 풀이 죽어있다면 누구라도 달래줬을 거야⋯⋯."

"하지만, 그게 너였다. 그 순간 내 앞에 있었던 사람은 너였던 거야."

강렬한 시선이 나를 꿰뚫었다.

마치 갑작스러운 포옹을 당한 것처럼 가슴이 꽉 조여들었다.

"무슨 각인효과도 아니고⋯⋯. 아니 그보다 그 단 한 번으로 고백까지 한다니, 아무리 그래도 너무 쉽게 넘어가잖아⋯⋯."

순수하게 직설적인 호의를 정면으로 받고 있다는 사실이 조금씩 실감이 되기 시작해서 뺨이 뜨거워졌다.

부끄러움을 감추기 위해서 고개를 슬쩍 피하자, 마이는 그 모습을 자기 좋을 대로 받아들였다.

"역시. 우리는 같은 마음이었구나."

"그게 아니니까! 나는 친구로서! 친구로서 너를 좋아하는 거야!"

마이를 **너라고 부르게** 될 줄이야⋯⋯. 그것도 그런 일을 겪고 며칠 지나지도 않고서.

나도 지금 상당히 부끄러운 소리를 하고 있다는 자각은 있었지만 마이의 대답이 최악이었다.

"그건 착각이란다, 레나코. 너는 나를 연인으로서 좋아하고 있어."

"너의 그 쓸데없이 자신만만한 부분은 적으로 돌려보니 엄청 성가시구나?!"

소시민인 나는 마이한테서 조금씩 거리를 벌렸다.

세뇌당해 버릴 것 같다. 마음을 굳게 먹자!

"그렇게 꺼리는 이유는 내가 여자라서 그런 건가?"

"그건⋯⋯ 잘 모르겠지만."

큰 키에 혼혈 모델인 마이가 상대라면, 같은 여자라도 상관없다고 생각할 애들이 적지 않을 거라고 생각한다.

집도 부자인 데다 상냥하고 친절하다. 우리 학년에서 가장 아름다운 사람이 마이라고 치면, 가장 멋있는 사람 또한 남녀를 통틀어도 마이일 게 틀림없다. 운동신경마저도 발군이니까 정말 슈퍼달링이라는 별명이 잘 어울린다⋯⋯.

아니 물론 나 스스로가 좋아하느냐 어떠냐는 둘째 치고서 말이지?

"가능성이 없는 건 아닌 모양이군."

"없어! 무리! 무리니까!"

그리고 그런 식으로 무방비하게 사람의 얼굴을 들여다보지 말아달라고! 두근두근하니까!

나를 쫓아오는 박력 넘치는 미모로부터 재차 고개를 피했다.

"저기 말이지, 나는 친구를 갖고 싶어. 가능하다면 계속 함께 학교생활을 보낼 수 있는 그런 친구를 말이야."

그렇다, 바로 그게 내가 생각하는 이상적인 학교생활. 그야 뭐, 언젠가는 연인을 갖고 싶다고 생각하게 될지도 모르지만 지금은 아니다.

마이와 함께 여러 장소에 놀러 가거나, 가끔은 집에서 게임을 하며 놀거나. 그건 엄청 즐거울 게 분명하다. 나는 그런 일상을 보내고 싶다.

그런데 마이는 의외라는 듯이.

"뭐야. 왜 굳이?"

"굳이 친구를 고집하는 게 아니라고! 연인은 친구의 상위호환이 아니니까! 완전히 다른 개념이니까!"

"하지만 레나코. 자기가 좋아하는 상대한테 고백을 받았는데도 친구 쪽이 좋다니 상당히 삐뚤어진 성벽을 가지고 있구나. 사귀고 있지 않은 몸으로 관계를 맺는 게 좋은 건가? 그건…… 좀 불성실하지 않나?"

이 자식 말이 안 통해!

"이 바보! 어째서 내가 너를 좋아한다는 전제가 깔려있는 거야!"

"나를 좋아하지 않는 사람이 있다는 건가?"

"아 정말이지 바보! 이 바보! 오우즈카 마이!"

뭐냐 이 여자.

어제의 나는 어떻게 이 녀석이랑 잘 지내볼 생각을 한 거지? 하나도 모르겠어.

"확실하게 말해 두겠어! 고등학교 생활은 이제 막 시작한 참이야. 그런데 사귀자마자 마이랑 헤어지고 거북한 사이가 돼서, 그때부터 다른 그룹에 들어간다거나…… 그건 어쩐지, 생각해봐, 우리 둘 다 싫잖아! 그러니까 연인이라는 불안정한 관계는 사양이야!"

마이는 말귀가 어두운 어린아이를 달래는 것처럼 상냥한 미소를 지었다.

"과연, 너의 불안도 이해할 수 있어. 그렇게 되니 한발 뒤로 물러나서 친구 사이라는 관계가 좋다는 거구나. 갸륵한 생각이지만 괜찮아. 우리들은 절대 헤어지지 않을 테니까."

나는 너 정도로 스스로에게 자신감을 갖고 있지 않다고!

"현실이 그렇게 잘 풀릴 리가 없다니까. 아무리 마이가 좋은 사람이라도. ……좋아하는 마음이 갑자기 식어버리고 마는 일도 있으니까."

"그랬던 경험이?"

움찔했다.

바람에 흩날리는 금빛 머리카락의 일부를 마치 장미처럼 입에 물고서 자신만만하게 미소 짓고 있는 마이를 향해, 나는 삐걱삐

걱 고개를 돌렸다. 입술을 삐죽 내밀며 간신히 말했다.

"……없지만요."

아마오리 레나코. 연인이 없었던 역사=나이입니다.

솔직히 자백했더니 마이가 "훗" 하고 웃었다.

빠직.

"없지만! 일반적으로는 그런 거잖아! 고등학교 1학년 때부터 사귀기 시작해서 3년간 계─속 러브러브였습니다~ 같은 경우는 들어본 적도 없고! 애초에 마이는 어떤데!"

마이는 자신의 가슴에 손을 올리고서, 신에게 맹세하는 새 신부처럼 진지한 눈동자로 선언했다.

"물론, 그 누구와도 사귀어 본 경험 따위 없어."

"봐봐! 역시! 역시!"

"내 연인이 되는 건, 최초의 상대가 곧 최후의 상대라고 정해놨으니까."

"말이 되냣!!"

자기가 자기 몸을 껴안으면서 얼굴을 붉히지 말란 말이야, 정말이지.

어깨를 들썩이며 가쁜 숨을 쉬면서도 마이를 노려보았다.

"계속해봤자 평행선인 모양이네……."

"그렇구나. 나는 헤어질 리 없다고 확신하고 있지만, 너는 어차피 헤어질 거라고 주장함과 동시에 친구인 쪽이 훨씬 더 근사하다고 굳게 믿고 있어."

"단어 선택이 좀 거슬리기는 하지만, 뭐, 그렇지."

마이는 잠시 침묵에 잠겼다.

실제로 나로선 그녀한테 고백받아봤자 곤란할 뿐이다.

그도 그럴 게 그룹 내에서조차 제대로 행동하지 못하는 마당에 내가 연인을 사귄다? 분명히 무리잖아. 인생에서 좋아해 본 사람 조차 한 명도 없었다고. 데이트라니 뭐야 그거, 먹는 거야? 수준 인데. 하물며 상대가 마이라니 허들이 너무 높아.

그런 점에서 친구 사이라면 아직 희망이 있다. 방과 후에 같이 카페에 들르거나, 함께 어딘가 놀러 가기도 하고, 공통의 취미를 함께 즐긴다거나 말이지. 나도 친구 정도는 있었던 적 있다고. 그 즐거움은 이미 아주 잘 알고 있어.

중학교 시절 친구들한테는 따돌림을 당했지만…….

아무튼 간에! 그래서 마이도 알아줬으면 한다.

우리들은 연인 같은 게 아니라 친구 사이가 되어야만 한다는 사실을.

6월의 바람이 마이의 머리카락을 어루만진다. 그녀는 금실 같은 머리카락을 손으로 누르면서 입을 열었다.

"그렇다면 절충안으로 가자."

"……뭐야 그게."

마이는 미지의 관계성에 한 톨의 불안조차도 느끼지 않는 것처럼, 얼굴 가득 아름다운 미소를 지으며 제안했다.

"나는 연인 관계를, 너는 친구 관계를 원하고 있어. 다만 어느 쪽이든 실현되기 위해서는 상호 간의 협력이 필요하지."

"그거야 뭐, 그렇지."

"여기서 내가 『아니, 연인이 될 수 없는 이상 친구로는 무리다. 학교에서는 말 걸지 말도록 해줘』라고 말한다면 너는 곤란하겠지?"

"어, 그건……."

가슴이 격렬하게 뛰었다. 세상이 발밑부터 무너져 내리는 것 같은 감각이 덮쳐들었다.

그, 그건 버림받는다는 뜻……?

"고, 곤란해……."

불안감에 휩싸여 눈썹을 축 늘어뜨리는 내 모습을 보자, 마이는 몹시 당황했다.

"미, 미안하다. 지금 건 농담이야. 물론 너한테 불이익이 갈 만한 행동을 해서 너를 상처 입힐 마음 따위 없어."

"다행이다…… 아니, 당황하지 않았으니까. 그저 조금 쫄았을 뿐이니까……?"

"응, 그렇구나. 그래서, 그 뭐냐. 연인 같은 건 될 수 없다고 거절당한 상대한테 언제까지고 계속 상냥하게 대해야만 하는 내 괴로움도 네가 알아줬으면 했던 거다."

"그건…… 뭐."

잘 이해할 수는 없었지만 분명 슬프겠네, 하고 생각했다.

"……그래서 절충안?"

고집이 꺾인 나에게 마이는 이게 우리 둘에게 무엇보다도 좋은 방법이라고 믿어 의심치 않는다는 태도로 힘차게 고개를 끄덕였다.

"그렇다——."

마이가 제안한 승부는 터무니없는 내용이었다.

『어떤 날은 친구로. 어떤 날은 연인으로. 그렇게 교대로 시험해 보지 않겠나──』그리고,

『또한, 연인과 친구 중에 어느 쪽이 우리들에게 어울릴지 승부로 정하자』라고.

집에 돌아온 나는 욕조에 몸을 담그면서 멍하니 천장을 올려다 보았다.

옛날부터 고민할 일이 있을 때는 욕실에 틀어박히는 버릇이 있었다. 따뜻한 목욕물에 몸을 푹 적시면서 최근 묘하게 부풀어 오르기 시작한 가슴이 처치 곤란이라는 듯이 손으로 출렁출렁 흔들어 보며.

"대체 무슨 일이람⋯⋯."

체형을 말하는 게 아니다.

아니 그나저나 아까부터 계속 마이의 미소가 눈 속 깊숙이 각인되어 어른거린다.

그 여왕님같은 비주얼은 정말 반칙이다. 거기다 항상 얼굴을 가까이 가져다 대니 괜히 더 인상이 강하게 박혀든다.

어제 친구가 됐고, 오늘 고백 받았다.

그리고──.

"연인이냐, 친구냐, 인가⋯⋯."

초여름의 푸르른 하늘 밑의 옥상에서 마이가 말했다.

『연인의 날은 내가 너에게 연인의 멋짐을 가르쳐 주지. 그런데

도 네가 도저히 무리라고 말한다면 나도 얌전히 물러나겠어. 너를 함락시키지 못한 내 매력이 부족했던 거니까』

친구의 날에는 반대다. 내가 마이에게 친구의 멋짐을 프레젠테이션 한다. 체험판 연인과 체험판 친구를 교대로 반복해서, 상대를 『역시 이쪽 관계가 더 좋네』라고 생각하게 만드는 쪽이 승리.

우리들은 서로가 정해놓은 관계로 앞으로의 학교생활을 보낸다.

그런 게임이다.

"터무니없는 사태가 되어버렸어⋯⋯."

입까지 물속에 깊이 담그고서 부글부글 거품을 냈다.

체험 기간은 이번 6월 동안. 즉 한 달간의 배틀.

내가 연인 관계를 인정할 일은 없을 테니, 패배는 있을 수 없다고 해도⋯⋯.

마이가 마음을 고쳐먹도록 만드는 건 상당히 힘들 거라고 생각한다.

그러나 처음부터 포기해서야 시작조차 할 수 없다.

나도 『달라지겠어』라고 결심한 덕분에 지금 이렇게 마이와 승부도 할 수 있게 되었다.

좋아, 기합을 넣고서 일어섰다.

"두 번 다시 외톨이로는 돌아가지 않아! 쟁취하는 거야, 최고의 학교생활을!"

혼자 욕실에서 에이, 에이, 오―!를 외치는 목소리를 여동생이 듣고는 "언니, 이제 좀 정신을 차렸다고 생각했는데……"라며 측은한 눈길로 바라봤지만 나는 꺾이지 않아!

이렇게 나와 마이의 한 달간의 싸움이 막을 올렸다.

* * *

그날이 친구인지 연인인지는 『좋아, 그러면 알기 쉽게 내 헤어스타일에 따라 바꿔보지 않겠는가』라는 걸로 합의했다.

머리를 묶은 상태라면 친구. 머리를 내리고 있으면 연인 사이다.

승부에 대해서는 다른 사람들 몰래 비밀의 게임을 즐기는 것 같아서, 솔직히 조금 두근두근 설렜다.

그런 연유로 승부가 시작되고 3일 차. 6월 첫 주의 점심시간.

불편한 심정을 팍팍 드러내면서 중앙 정원 자판기의 팩 주스를 사러 온 나는, 뒤따라온 마이의 손을 잡아끌고 인적이 드문 여자 화장실로 끌고 갔다.

"흠. 그렇게나 나와 둘만 있고 싶었던 거니?"

"아니야! 아니, 아닌 건 아니지만 그런 의미가 아냐!"

화장실에 아무도 없다는 걸 확인하고 나서, 목소리를 한껏 낮춰 마이에게 불만을 토했다.

"이제 좀 머리를 묶어달라고, 마이! 어째서 사흘 연속으로 머리를 내리고 오는 거야?!"

후훗, 마이는 손으로 앞머리를 넘기면서 초라한 여자 화장실의 배경에 백합꽃을 활짝 피워냈다.

"물론 그 대답은 심플하고도 당당하게 말할 수 있지. 내리고 오지 않으면 아깝잖아."

린스 광고에 나오는 젊은 여배우처럼, 윤기로 찰랑이는 머리카락을 손등으로 쓸어 넘겼다. 부드럽게 흘러내리는 금발이 빛을 받아 반짝인다.

"하지만 이래서야 승부가 되질 않잖아!"

"그것도 그렇구나."

마이는 긴 머리카락을 손가락으로 배배 꼬면서 고개를 끄덕였다.

"그렇다곤 하나 우리들은 얼마 전까지만 해도 두 달도 넘게 친구로 지내왔다. 조금쯤은 연인의 날을 늘리지 않으면 수지가 맞지 않는다고 생각하지 않나?"

그렇게 말하면서 마이가 내 허리에 손을 둘렀다. 우에?!

"자, 잠깐?!"

"괜찮겠지? 오늘은 연인 사이로 지내는 날이니까."

"하, 학교에서…… 다른 사람이 보기라도 하면 어떻게 해……!"

"나는 상관없다만."

허리에 닿은 손이 살짝 스치듯이 움직이는 것만으로도 민감하게 반응하고 만다. 여고생끼리 신체접촉쯤이야 아침 인사나 마찬가지지만, 마이의 스킨십은 완전 달랐다.

그 손에서 분명하게 전해지는 감정이, 여차하면 욕정에 가까운 무언가가 전해져 온다……. 장난이 아닌 진심이라고 호소하고 있는 것 같았다.

"시, 신경 쓰라고……. 손놀림이 엉큼해……."

톡톡, 하고 손가락으로 허리를 노크한다. 그 행동이 조금씩 밑으로 내려오며 엉덩이 부근까지 닿았을 때, 나는 미인의 가는 팔을 억지로 떼어놓았다.

"그렇게 찰싹 달라붙다니 뭐냐구 정말…… 마이는 그런 애였어? 아니면 나를 그렇게나 좋아한다는 뜻?"

"응, 좋아하지."

돌직구.

이 자식…… 정말 이 자식…… 이러면 부끄러워지는 게 당연하잖아…….

마이는 질리지도 않는지 이번엔 내 등을 쓰다듬었다.

명랑하게 웃는 얼굴이 그야말로 골든 리트리버다. 냄새를 각인시키는 것 같아.

"도대체 내 어디가 그렇게 좋은 건지…… 저엉말 이해가 안 가……."

"과연. 스스로에게 자신감이 없다고 생각하게 만들면서도, 사실은 내 입에서 찬사와 사랑의 속삭임을 끌어내려는 책략인가. 연인 사이는 영 내키지 않는다고 말하면서도 제법 교묘한 밀당을 걸어오는구나."

"아니라고! 백 퍼센트 진심으로 하는 말이니까—! 사람을 관심종자처럼 말하지 말라고!"

다시 마이의 팔을 떨쳐냈다. 무슨 홍콩 무술영화처럼 됐다.

"저기 말이지, 너의 그런 부분이 무리인 거야! 너는 항상 그런 식이니까!"

"호오?"

"언제나 자신만만하고! 무슨 일이든 자기가 바라는 대로 될 거라는 듯한 표정을 하고서! 조금 강하게 밀어붙이면 나 정도야 금방 넘어뜨릴 수 있을 거라 여기고 있다면 큰 착각이니까!"

요 사흘간 배운 점은 마이에게 말할 땐 애매한 화법을 써서는 안 된다는 점이었다.

싫다면 싫다고 확실하게 입으로 말하지 않으면 마이는 계속해서 자기 입맛에 맞게 해석한다.

내 외침은 그런 마이를 공략하기 위한 일환이었다.

그룹 친구들의 안색을 살피며 적당한 타이밍에 적절한 맞장구를 치고, 그저 눈에 띄지 않도록, 너무 까분다는 인식이 박히지 않도록, 소심하게 신경을 곤두세우고 있었던 어제까지의 레나코로는 마이와 겨룰 수 없었기 때문이다!

"그런가."

마이는 턱에 손을 올렸다. 어째서 이 서민은 겨우 초밥에서 회만 집어먹었다는 정도로 화를 내는 걸까, 라고 말하고 싶어 하는 눈으로.

"하지만 그렇게 말을 해도 말이지. 뭐든지 내가 바라는 대로 이루어져 왔으니 말이다……."

"…………."

경악하고 말았다.

오, 오우즈카 마이…….

가시 돋친 거절의 갑주조차 통하지 않고, 우아하게 내 머리를 토닥토닥 쓰다듬었다.

"나는 포기하지 않으니까 레나코가 포기해 주렴."

세 번째로 손을 뿌리쳤다.

"아아, 뭔가 이제는 친구니 연인이니 하기 이전에 뭐든지 잘 풀릴 거라고 생각하고 있는 마이의 우쭐대는 태도를 박살 내주고 싶어졌어······."

마이는 의외라는 듯이 나를 한 번 바라보더니, 뺨을 느슨하게 풀며 웃었다.

"그건 상당히 난폭한 말투구나. 충실하게 연인 사이에 임해줘야지. 아니면 혹시 너는 사랑하는 여성한테도 그런 말투를 쓰는 걸까나?"

"아마도 쓰지 않으려나······. 아, 이런 나랑은 연인이 되고 싶지 않아졌어?"

"아니. 오히려 훨씬 더 좋아하게 됐다."

"어째서야!"

머리를 감싸 쥐는 나에게 마이는 청초한 웃음을 지으며.

"뭐든지 바라는 대로 이루어졌던 나에게, 한 가지쯤 내 생각대로 풀리지 않는 일이 있다는 건 즐겁구나. 게다가 너와 함께 있으면 점점 더 어리광쟁이가 되어가는 모양이야. 앞으로도 얼마든지 나를 꾸짖어주렴, 레나코."

"혼날만한 짓을 하지 말아줘!"

내가 화를 내는데도 기뻐 보이는 표정인 마이. 정말이지 의미를 모르겠어!

연인끼리 사랑스러운 대화(반어법)를 마치고서 교실로 돌아왔
도다.

같은 그룹 친구인 세나 아지사이 양이 "어서와~" 하고 맞아주
었다.

"레나코 양한테 문제입니다. 돈은 부자지만 얼굴은 그저 그런
사람과, 빈곤하지만 꽃미남인 사람, 사귄다면 어느 쪽이 좋을까
요?"

"어, 어어?"

아지사이 양의 책상 위에 펼쳐진 잡지 속 질문을 그대로 나한
테 던진 거라고 생각했는데 그녀는 나를 올려다보며 미소 지었
다.

"뭐 그런 질문을 받았었는데, 솔~직히 돈이 많거나 적거나 별
로 상관없거든. 상냥하고 배려심이 있는 사람이 최고인걸."

이 천사와도 같은 미소를 쬐니, 마이와 한바탕하고서 날카로워
져 있던 마음이 깨끗하게 씻겨나간다.

"아, 하지만 어린애 같은 사람보다는 어른스러운 사람이 좋을
까나?"

"아~ 나이 차 나는 동생이 둘 있다고 했었지……."

"맞아맞아, 정말이지 완전 꼬맹이들이라 곤란해. 귀엽긴 하지
만 말이야."

그렇게 말하는 아지사이 양이야말로 조그맣고 요정 같아서 사
랑스럽다.

천사의 날개처럼 부드러운 곡선을 그리는 둥근 C컬을 넣은 앞머리가 트레이드마크. 아지사이 양 특유의 폭신폭신한 분위기는 단지 그 자리에 있는 것만으로도 반 전체의 무드를 부드럽게 묶어주는 꽃다발 같다.

마이 그룹 안에서 가장 양식 있는 사람이고, 가련한 웃음과 누구에게나 상냥한 마음씨…….

『모두의 이상형인 여자아이』라는 느낌.

바로 그 점 때문에 만약 아지사이 양한테 미움이라도 받는다면 그걸로 모든 게 끝장이다. 무서워.

"정말 아지사이 양은 최고의 치유제네. 아지사이 양이랑 사귀는 사람은 행복할 거야……."

"뭐어~? 갑자기 비행기 태워줘도 미소밖에 줄 게 없는걸?"

방긋 웃는 미소뿐만 아니라 양손의 브이까지 선물 받았다.

귀, 귀여워…… 천사…….

만약 마이가 아니라 아지사이 양한테 고백을 받았더라면 나라도 좀 더 고민해봤을지 모른다. 하지만 안 된다. 아지사이 양은 모두의 천사니까 나 같은 게 혼자서 독점해서는 안 된다.

나와 아지사이 양이 풋풋하게 청춘 드라마 속 대화를 나누고 있자니 (※대화가 서툰 나라도 둘이서만 있을 때는 대화할 수 있다! 조금이지만!) 마이와 문과계 미소녀인 사츠키 양, 여동생 타입 미소녀인 카호 짱이 돌아왔다.

갑자기 시끌벅적해졌다.

"저기저기, 들어봐. 마이도 참 요번에 호텔의 회원제 풀장에 갔다는 거야! 굉장하지 않아? 대단하지 않아? 이야— 좋겠다~ 풀장! 풀장풀장!"

"카호, 그 정도로 풀장을 좋아했다기보단 그저 마이가 부러운 거잖아."

"그야 그렇잖아! 사 짱은 부럽지 않아?! 호화로운 온수 풀장! 리클라이너 체어! 바 카운터에다 마이의 발군의 수영복 차림—!"

"……질투가 난다고 해야 하나, 순수하게 열 받네. 너무 잘 어울려서."

카호 짱과 사츠키 양 사이에 끼어있는 마이는 "그렇게나 어울리나?"라고 말하면서 웃고 있었다. 당당하게 서 있는 자태는 틀림없는 여왕의 관록.

오우즈카 마이. 세나 아지사이. 코토 사츠키. 코야나기 카호. ……그리고 아마오리 레나코. 이 다섯 명— 마이 그룹이 한데 모이자 교실 한구석이 크리스탈 동굴처럼 빛났다.

너무나도 압도적인 광채. 저 봐, 주변 남자애들도 여자애들도 다들 이쪽을 힐끔힐끔 보고 있다.

마이가 그 중심에 있는 인물이라는 점은 그렇다 쳐도 다른 멤버들도 누구 하나 눈을 뗄 수 없는 사람들이니까. 물론 나는 빼고 말이지!

내 주위의 외모 편차치가 급상승한 것만으로도 이렇게 행복이 널리 퍼져나간다.

딱히 내가 마이처럼 동성을 좋아하는 건 아니지만 그래도 귀여운 여자아이의 귀여운 모습은 엄청나게 귀여우니까. 그냥 보고만

있어도 행복해지지.

내가 기척을 죽이고 있자니, 저기저기, 하고 우리 그룹의 분위기 메이커인 카호 짱이 말을 꺼냈다.

"그렇다면 오늘이야! 학교 끝나고 옷 구경 하러 가자! 여름옷! 함께 맞추고 싶습다!"

"안 돼. 바쁘거든."

"어머머. 사츠키 양, 무슨 볼일이라도?"

"자율 공부."

아지사이 양이 "와아~" 하고 감탄하는 반면, 카호 짱은 "으웩" 하고 괴로운 표정이었다.

"괜찮잖아ㅡ! 사 짱, 명문대생 같은 분위기를 풀풀 풍기고 있으니까 공부 안 해도 괜찮다구요! 같이 가자ㅡ 가자가자~!"

"짜증 나…….."

"넘해!"

하하하, 마이는 눈을 가늘게 뜨며 즐겁게 웃었다.

"그렇게 열심히 해봤자, 다음 시험도 내가 이기겠지."

"너…… 너어……!"

살의의 파동을 흩뿌리는 사츠키 양을 마음속으로 동정했다.

"좋겠다~ 나도 그럼 같이 옷을 보러 가볼까~ 저기, 레나 짱은 어떻게 할 거야?"

"어? 아, 나는."

아지사이 양이 나한테 이야기를 돌리자 한순간 경직. 허둥지둥하면서 손을 들어 올렸다.

"무, 무무무, 물론 함께하겠습니다!"

"어? 레나 쨩, 지금 어쩐지 목소리가 떨리지 않았어?"

"다다당치도 않아."

양손을 내저으면서 평정을 가장하는 한편, 얼굴에는 미소를 장착했다.

『같이 놀자는 권유를 받았을 때는 거절해선 안 된다.』

이건 내 안의 불문율로 존재하는 규칙이다.

설령 이 그룹과 방과 후까지 함께하다가 내 안의 인간력이 고갈되어 도중에 나가떨어진다고 해도.

나는 조금이라도 싫은 티를 겉으로 드러내서는 안 된다.

과거의 잘못을 되풀이하지 않기 위해서.

꽁꽁 얼어붙은 웃음을 끌어 올리고 있자, 마이가 이야기의 바통을 이어받았다.

"응, 어차피 이렇게 된 거 다 함께 가자, 고 말하고 싶은 참이지만."

마이가 "사츠키는 공부할 게 있다고 했고"라는 말로 자연스럽게 사츠키를 제외했다. "엣" 하고 소리치는 사츠키 양. 모두가 간다면 자기도 가고 싶었구나…….

슬쩍, 마이가 나를 보았다.

응?

"유감이지만 오늘은 약속이 있어서 말이지. 그러니 쇼핑은 다음 기회에 하도록 하자."

언제나처럼, 마이가 자기 멋대로 매듭을 지었다.

모두들 익숙하기 때문에 "그런가—" 하고 납득하는 와중에 나만이 눈치챘다.

마이가 나를 돕기 위해서 나서줬다는 사실을.

자연스럽고 마음 든든한 상냥함이었다.

그 배려에 안도의 숨을 내쉬고 마는 나 자신에게 복잡한 기분이 들었다. 이건 마이가 나를 좋아하기 때문에 보여주는 상냥함이니, 이런 마음이 들어선 안 되는 거겠지…….

아니, 하지만 상대가 친구라도 도움을 받으면 기쁘지 않나……? 그렇구나, 평범한 거구나, 평범. 응. 그럼 괜찮습니다. 고마워, 마이! 고민 끝.

"카호도 내일은 쪽지 시험이 있단다. 집에 돌아가서 공부하는 게 좋아. 사츠키도 열심히 해. 미래영겁 나에게 이길 날은 오지 않더라도 노력을 계속하는 건 훌륭해."

"어째서 난 이런 녀석과 사이좋게 지내는 걸까……."

"자아자아……."

아지사이 양이 중재에 나섰다.

남들이 보기엔 사이가 험악해 보이겠지만 사츠키 양과 마이는 고등학교 입학 전부터 친구라는 모양이라, 싸울 정도로 친한 사이다.

싸울 정도라고 표현해야 하나, 사츠키 양이 일방적으로 마이에게 이를 갈고 있을 뿐이라고 해야 하나……. 처음에는 저 모습에 가슴을 졸였지만 말이지. 하지만 지금 와서는 또 저러는구나— 하고 그냥 흘려보낼 수 있게 되었다.

"상관은 없지만…… 정말이지, 너는 옛날부터 그런 녀석이었는걸."

사츠키 양은 아지사이 양이 중재에 나서길 기다리고 있었다는 태도로 한숨을 푹 내쉬었다.

한바탕 불평을 토해서 마이가 지나치게 까불지 않도록 브레이크를 걸면서도, 적절히 물러날 타이밍을 살피고 있는 게 사츠키 양의 평소 스타일이다.

"아하하…… 그럼 오늘은 적당히 해산이라는 느낌이네."

정해진 흐름에 매듭을 짓는 것처럼 내가 끼어들었다.

먼저 말을 꺼냈던 카호 짱도 "그럼 다음 기회에는 꼭이야!"라며 웃고 있었다.

마이가 결정을 내리면 이런 식으로 누구도 불만을 내지 않고, 뭐 그럼 어쩔 수 없지, 라는 마음이 드는 게 신기하다. 카리스마라고 해야 하나.

"아, 그보다 말야."

다시 카호 짱이 화제를 전환했다.

"최근 마이랑 레나 짱, 무슨 일 있었어? 정확히는 친해졌어?"

"어?!"

위험해. 카호 짱이 너무 예리해서 과장되게 놀라고 말았다.

"그, 그럴 리가 없잖아! 평범한 사이라니깐!"

"그렇게 부정하면 상처받는다만."

"엣, 앗, 미안!"

황급히 고개 숙여 사과하고서 마이를 봤더니 웃고 있었다. 나를 놀렸구나!

"지금도 봐! 어쩐지 시선을 주고받는 게 에로해!"

에, 에로……?!

카호 짱의 지적에 뭐라고 답하는 게 좋을지 알 수 없어서 어물 거리고 있었더니 사츠키 양이 찰싹, 하고 카호 짱의 머리에 촙을 먹였다.

"아마오리가 곤란해하잖아. 너는 마이 일이면 앞뒤 분별을 못하네."

"어쩔 수 없잖아―? 내 최애는 마이니까! 이거 봐, 색깔도 맞췄어."

그렇게 말하며 머리에 묶는 리본을 보여주는 카호 짱. 아이돌 악수회 같은 데서 종종 보이는, 아이돌 못지않게 귀여운 여자아이 같았다.

그러나 마이의 머리색을 이미지한 그 노란색 리본을 보고서, 사츠키 양은 미간을 찌푸렸다.

"얘는 그저 얼굴만 그럴싸한 녀석이라고."

"어머~? 마이 짱은 엄청 좋은 애인걸. 그렇지?"

"아지사이는 잘 알고 있구나."

마이와 "그렇지~?"라며 서로 미소를 나누는 아지사이 양보다도 사츠키 양의 말에 더욱 공감이 가고 만다.

그렇구나, 이 그룹에서 마이의 본성을 이해하고 있는 사람은 사츠키 양뿐이었구나……. 지금까지도 몰랐네…….

사이좋은 5인조의 새로운 일면을 알게 돼서 감탄하고 있었을 때, 갑자기 등 뒤에서 누군가가 나를 껴안았다.

"효엣?!"

"하지만, 사실은 말이지."

귓가에 마이의 숨결이 닿자, 닭살이 쫙 돋았다.

사람들 앞에서?! 그러고 보니 방금 전에 자기는 상관없다고 말했어!

마이는 나를 등 뒤에서 껴안은 채, 딱 굳어버린 내 배에 팔을 두르며 웃었다.

"최근 내 최애는 레나코란다."

공주님의 깜짝 놀랄만한 폭탄 발언에, 아지사이 양은 웃었고, 사츠키 양은 냉담한 태도. 카호 짱이 "어째서—?!" 하고 놀라면서 마이에게 달려들었고, 마이는 카호의 머리를 헝클어트리고 있었다.

정말로 평소와 같은 광경인데, 평소와는 다른 건 나 혼자뿐. 헥헥 가쁜 숨을 몰아쉬며 가슴을 누르고 있었더니, 카호 짱이 나를 손가락으로 착, 가리켰다.

"레나찡, 얼굴 엄청 빨개!"

으.

정말이지 대체 뭐람……. 즐거운 듯이 웃는 마이를 슬쩍 노려보았다.

내가 사츠키 양은 아니지만 어째서 이 녀석은 나를 좋아하는 걸까…….

아지사이 양처럼 누구에게나 상냥한 천사 같은 성격도 아니고, 사츠키 양처럼 어른스럽고 멋진 것도 아니다. 카호 짱처럼 지켜주고 싶은 사랑스러운 캐릭터도 아닌데 말이야.

정말로 의미를 모르겠어. 사실은 인싸들의 몰래카메라라고 나는 그저 속고 있을 뿐 아닐까.

그게 아니라면 그냥 마이가 제정신이 아니거나.

"제정신이 아니야!"

"뭐가 말이니?"

"그야 당연히 이 상황이지! 뭐가 『볼일이 있어』야! 그 볼일이란 게 나랑 노는 거였다니, 나한테는 일언반구도 없었잖아?!"

"그랬었지. 와줘서 고마워."

이런저런 의견들을 한 방에 묵살하는 스마트한 미소를 지으면서 감사를 표하는 마이. 나는 주먹을 말아 쥐고서 끄응 신음했다.

어차피 권유받은 이상 거절하지 못하는 게 나다.

거기다 기뻐해 주는 모습은 싫지 않았기 때문에 더 이상 강하게 말할 수가 없어…….

"그, 그보다 나는 분명 『카페라도 갈래?』라고 물어봤었지?!"

"아아. 너의 요망에 더없이 완벽한 형태로 답하고 말았구나."

찻잔을 기울이는 마이는 무려 수영복 차림이었다.

그도 그럴 것이.

여기는 아카사카에 있는 초고급 호텔 내의 피트니스 수영장이었으니까.

"제정신이 아니야!"

다시금 외친 내 비명이 수영장 안에 울려 퍼졌다.

학교가 끝나자 나는 마이의 데이트 권유를 받았다. 어? 볼일이라는 건 나랑 할 일이 있다는 뜻이었나…… 하고 깜빡 속은 기분이 들면서도 『그러면 카페라도……』라는 말이 절로 나왔다.

그야 5명 다 함께 돌아다니는 거랑 비교하면 매직 포인트 소모량이 훨씬 적을 것 같지만, 마이랑 단둘이서라는 건 또 그것대로 꽤나 긴장이 된다.

거기다가 (체험판이라고는 해도) **연인과의 첫 방과 후 데이트** 라는 기념비적인 타이틀까지.

그래서 일단 열탕에 손부터 담그는 심정으로, 그다지 데이트 느낌이 안 나는 데이트로 하자는 생각에 근처 카페에 들르지 않을래? 하고 제안했다.

마이는 『카페인가. 그렇다면 좋은 곳이 있단다. 꼭 너와 함께 가고 싶다고 생각하고 있었어』라면서 공주님처럼 웃으며 내 손을 잡아끌었다.

그대로 역으로 향한 다음, 전철에 몸을 실었다.

굳이 멀리까지 가지 말고 집에 가는 길에 있는 곳도 괜찮잖아…… 하는 생각이 들었지만, 확실히 우리 학교 학생들이 있을 만한 카페에선 마이가 편안하게 쉴 수 없겠지.

그러면 어쩔 수 없으니 어울려 주도록 할까나~ 뭐, 우리들 지금은 연인 사이니까~ 라고 생각했다.

했었는데…….

『여기란다』라며 데려온 곳은 무지막지하게 호화로운 호텔.

너무 깜짝 놀라서 발걸음이 떨어지지 않는 나를 질질 끌고서, 마이는 호텔이 전부 자기 것처럼 당당하게 나아갔다. 엘리베이터에 전용 카드키를 대자 눈앞에 펼쳐지는 VIP용 스위트 플로어.

영화 속에서 대통령이나 뭐 그런 사람이 검은 양복들을 잔뜩 데리고서 걸어갈 것 같은 복도를 교복 차림으로 걷고 있는 마이. 거기다 전혀 위화감도 없다. 반대로 위화감밖에 느껴지지 않는 나는 계속 질겁하고 있었다.

어쨌든 뭐, 마이는 프론트에서 수영복을 받아 들고서 갈아입었고, 나는 여전히 교복 차림인 채로 이렇게 수영장 내부 카페에서 차를 마시는 중…… 대충 이런 경위다.

"다시 과정을 돌이켜 봐도 정말 의미를 모르겠네……."

저녁 시간대의 실내 수영장에는 귀티가 흐르는 사모님이나, 회사 사장님처럼 보이는 사람이나, 혹은 스타일이 끝내주는 외국인들이나…….

"종족 : 마이, 같은 사람들뿐이야……."

그보다 수영장 내부 카페 주제에 의자가 전부 푹신푹신한 소파라니 굉장해……. 젖어버릴 텐데 말이야…….

"이 가게의 로즈힙 티가 수영을 마친 뒤의 몸에 스며드는 느낌이거든."

메뉴를 살펴보았다. 가격이 적혀있지 않았다.

"어라…… 가격은 얼마야……? 혹시 한 잔에 2천 엔쯤 하는 거 아니야……?"

"수영장 회원은 무료로 시설을 이용할 수 있게 되어있단다. 이번에는 너에게도 회원증을 발급해 놨으니까 괜찮다면 혼자서라도 꼭 와봐."

"위통이 생길 거야!"

있는 힘껏 태클을 넣어주느라 지금까지 일부러 보지 않으려고 노력했던 마이의 수영복 차림을 정면으로 마주하고 말았다.

웃…….

마이는 위아래로 나누어진 붉은색 비키니 수영복을 입고 있었다.

슬랜더한 몸매는 어느 부위든 날씬하다. 군살 하나 없이 육체 구석구석까지 마이의 의지가 전해진 것처럼 완벽한 몸매다.

이렇게 수영복을 입고 있는 모습을 보면 어렸을 때 선물 받은 인형 같아…….

"일본인처럼 안 보이는 정도가 아니라, 현실처럼 안 보일 정도네……. 엘프처럼 귀가 뾰쪽했다면 차라리 납득했을 것 같아…….”

'어째서 갈아입은 건데!'라고 생각했지만 이런 스타일을 가지고 있다면 갈아입어도 어쩔 수 없지……. 너무나도 잘 어울리니까.

추천받은 로즈힙 티를 마셨다. 우와, 확실히 엄청 맛있어…….

이런 고급 차는 초보자들이 즐기기 힘들다는 선입견을 가지고 있었는데, 깔끔해서 마시기 편했다. 만약 등하굣길에 팔고 있었다면 엄청 사 먹었을 거야. 분명 엄청나게 비쌀 거 같지만!

"그래서 레나코는 갈아입지 않는 거니?"

나도 모르게 뿜을 뻔했다.

"회원이라면 수백 종류나 되는 수영복 중에서 마음껏 빌려 입을 수 있단다. 어머니? 함께 수영하지 않겠어?"

"나, 나는 카페에 온 거야! 수영할 리가 없잖아!"

"그냥 카페보다 수영장이 딸린 카페 쪽이 훨씬 많은 수요를 만족시킬 수 있을 거라 생각하지 않아?"

"그런 치즈 햄버그 카레 같은 사고방식은 그만두라고!"

분명 이런 장소에선 수영복보다 교복을 입고 있는 게 더 어울리지 않는다. 그래서 부끄럽기도 하다.

하지만 그 이상으로…… 마이의 이런 완벽한 수영복 차림 앞에서 나 같은 게 옷을 벗을 수 있을 리가 없잖아!

"그렇군, 뭐 나도 처음부터 수영할 마음은 없었지만 말이지."

"다 입어 놓고는."

"그야 물에 들어간다면 머리를 묶어야만 하잖아? 머리를 묶는다면 너와 이렇게 데이트하는 시간이 거품처럼 덧없이 사라져버릴 테니까."

"……아, 규칙이 그런 식이구나."

과연. 머리를 내리고 있을 때는 연인, 묶고 있을 때는 친구……그 규칙을 철저하게 지키고 있구나.

마이는 세련된 찻잔을 들고서 향을 즐기며 빙긋이 미소 지었다.

"그러니 지금은 잠시 동안 이 순간을 즐기도록 하자. 우리 둘만의 시간이야."

"……뭐, 그래."

철썩거리는 물소리가 들려온다. 카페에서는 느긋하게 시간이 흘러서 거친 파도와도 같은 학교와는 완전히 다른 세상 속에 빠져든 것처럼 느껴진다.

하지만 그게 전혀 싫지 않았다. 마이의 아름다운 수영복 차림

도 너무나 환상적이라 눈길을 빼앗겨버릴 것만 같다.

　노력하고 있는 일들, 지쳐있던 일들, 그런 것들이 전부 로즈힙 티 안에 빨려 들어가 설탕처럼 녹아내린다.

　분하지만 확실히 이곳은 마음이 진정된다. 역시 마이가 자신감을 가지고 추천할 만한 『좋은 곳』이다.

　양손으로 찻잔을 쥐고서 나는 조용히 말했다.

　"……어쩐지 고마워."

　"응? 무슨 말이니 뜬금없이. 귀엽구나, 레나코."

　"바, 바보."

　컵으로 입가를 감추며 투덜거렸다.

　"어쩐지 이런 것도 꽤 괜찮다는 생각이 들었고, 나 혼자였다면 결코 이런 곳에는 오지 못했을 테니까…… 그래서 데려와 줘서 고맙다는…… 그런 감사의 인사야."

　"후후후."

　"너무 웃잖아……."

　"시추에이션 덕분이라고는 하지만 레나코가 기뻐해 준다면야 연인으로서 더할 나위 없는 행복이니 말이지."

　"그래그래…… 고마워. 너의 센스만큼은 인정할게. 정말이지."

　어쩐지 분하기는 하지만 지금만큼은 얌전히 좋은 기분을 만끽할 수 있도록 내버려 둘까나…….

　나는 멍하니 수영장을 바라보았다. 몹시 넓은 데다 바닥까지 깨끗하게 비쳐 보였고, 밤에는 라이트 업을 한다고 한다.

　……지금보다도 훨씬 더 마이랑 허물없는 사이가 된다면 나도

수영복을 입고서 함께 수영할 수 있게 되려나.

그건 왠지 굉장히 매력적인 유혹…… 이라는 생각이 들어버렸다.

"그럼 내일 봐."

"아아, 내일 보자. 하지만 정말로 바래다주지 않아도 괜찮겠어? 중간까지는 같은 길인데."

"괜찮다니깐. 여기까지면 충분해."

아카사카역 개찰구 앞. 마이는 차를 불러서 바래다주겠다고 했지만, 아무리 그래도 거기까지 신세지기는 좀. 계산까지 마이가 해줬으니까.

"그런가……. 그러면 여기서 헤어져야만 하는구나."

지금 마이는 헤어지는 걸 몹시 아쉬워하고 있다는 걸 내 변변찮은 눈치로도 잘 알 수 있었다. 학교의 슈퍼달링이 그렇게 쓸쓸해 보이는 안타까운 표정을 짓고 있는 모습을 보는 건 처음이었다.

"그보다 내일은 좀 머리를 묶고 오라고. 이제 슬슬 친구모드가 되어 줄래?"

"아아, 그렇구나. 아직 만족하지는 못했지만, 오늘은 덕분에 충분히 즐거웠으니까."

스스럼없는 태도로 내 머리를 토닥토닥 쓰다듬는 마이. 머리에 닿은 손이 뜨겁다.

사람이 지나다니는 길에서 방해가 되지 않도록 길 한구석에 서 있기는 했지만, 누군가 볼지도 모른다.

특히 마이는 지나다니는 사람들의 시선을 전부 끌어당기는 애니까.

"아니, 저기……."

단아한 손끝이 내 턱 아래로 내려왔다.

소중한 보석을 만지듯 목덜미를 스치는 손가락에, 마치 급소를 찔린 감각이었다.

마이의 얼굴이 천천히 다가왔다. 사냥감을 움직이지 못하게 만들고서 마무리를 짓는 방식이다. 그런 의미에서 마이는 타고난 사냥꾼이겠지.

하지만 나는 맞닿으려는 입술 사이에 손바닥을 끼워 넣고서 마이의 시선을 되받아쳤다.

"……사귄 지 1주일밖에 안 된 상대랑 키스할 정도로 쉬운 여자가 아니니까요."

있는 힘껏 허세를 부리자, 마이는 눈을 가늘게 뜨며 빙긋 웃었다.

그 순간 손목을 꽉 붙잡혀서 내 저항은 무위로 끝나고 말았다.

"히엑."

가로막는 장애물이 사라진 입가를 향해 마이가 천천히 자신의 입술을 가까이하며…….

자, 잠깐만잠깐만, 그런, 마이──.

닿기 직전에 딱 멈췄다.

"……후에?"

"억지로 하는 건 취미가 아니야. 오늘은 이걸로 참도록 하겠어."

그대로 콧등에 쪽, 하고 입맞춤을 당했다.

계속 굳은 채로 미동조차 할 수 없었던 나는, 입술이 닿는 소리에 그제야 정신을 차렸다.

"?!"

허둥대며 뒤로 홱 물러서서 양손으로 입가를 억눌렀다. 무, 무, 무…….

지금, 입술이, 쪽 하고, 지금!

"레나코는 정말로 귀엽구나."

아니야, 지금 건 틀려. 딱히 키스 당하는 바람에 패닉에 빠진 게 아니야. 뭣보다 코였잖아.

그게 아니라 마이한테 한 방 먹였다고 생각한 순간에 바로 반격을 당해서 깜짝 놀랐을 뿐이니까! 정말이지!

"아니니까…… 어쨌든 아니니까!"

둘이서 마주 보고서 마이의 전력을 다한 호의를 받고 있자면, 마치 파도치는 수영장 위에 떠다니는 오리모양 장난감이 된 기분이다. 마이가 너무나도 강력해서 거절할 자신이 없다.

콧등에서 열이 올라오는 것만 같다.

"어쨌든! 다음번은 반드시 친구모드로! 내가 친구의 멋짐을 단단히 가르쳐 줄 테니까!"

그 열기에서 도망치려는 것처럼 거칠어진 목소리로 외치며, 마이를 노려보았다. 예상대로 마이는 즐거워 보였다.

"그건 그거대로 기대되는구나. 레나코가 나를 위해서 열심히 생각해준 데이트 코스인가. 친구로서 더할 나위 없는 기쁨이야."

"딱히 데이트는 아니니까! 아니 물론 친구끼리 장난삼아 데이트라고 말하기도 하지만! 아, 정말이지 여자는 까다롭네!"

"그러면 연인으로도 괜찮지 않을까? 힘들게 구별할 수고를 덜잖아?"

"됐으니까! 시끄러워! 할 거야, 친구! 할 거라고!"

마이는 어깨를 으쓱했다. 결국 마지막엔 떼쓰는 어린애처럼 되고 말았다. 내 불찰이다…….

"후후 그러면 레나코. 오늘은 정말로 고마웠어. 다음번도 기대하고 있단다."

"네에네에! 전차가 올 테니까 이만 갈게! 또 보자!"

"또 봐. ……좋아해, 레나코. 다음 키스는 입술에."

콕, 하고 손가락으로 내 콧등을 살짝 찌르고서 마이는 자리를 떠났다. 혼자 남은 내 얼굴은 분명 엄청나게 빨개져 있었겠지.

아아 정말이지 저 녀석! 저 녀석—!

괘씸해서 발을 동동 굴렀다. 오늘은 정말로 마지막까지 일방적으로 당하기만 했다.

저 시원할 정도로 당당한 뒷모습을 계속해서 바라보고 있다가는 오히려 내 쪽이 마이를 좋아하는 것처럼 보일 테니까, 가늘게 이어진 사과 껍질을 툭 끊어내듯이 뒤돌아 걸었다.

지쳤다. 마지막의 공방 탓에 엄청 지쳤어…….

연인 사이는 역시 숨이 막혀.

쑥스럽거나, 부끄러워지거나, 너무 의식해서 긴장하게 되거나.

이런 건 전혀 즐겁지 않아.

"······두고 보라고, 마이. 다음엔 내가 친구의 즐거움을 확실히 가르쳐줄 테니까."

누구한테도 들리지 않도록 작게 중얼거렸다. 내 의욕은 플랫폼에 이르자 다시금 솟아올랐다.

마이의 페이스에만 계속 휘둘리고 있을쏘냐!

다음 날, 깔끔하게 머리를 묶고 온 마이에게 SNS로 메시지를 보냈다.

내 메시지를 받은 마이는 기대감으로 충만한 반짝거리는 눈으로 나를 바라보았고, 나는 새치름한 얼굴로 그 시선을 무시하려고 애썼다.

하지만 딱히 이상할 건 아무것도 없잖아.

친구한테 우리 집에 놀러 오라고 초대하는 일쯤이야!

* * *

슈퍼달링의 명백하게 긴장한 모습을 보는 건 실로 유쾌한 일이었다.

"자, 여기가 내 방. 아무런 특징도 없는 일반 서민의 방입니다만, 부디 사양하지 마시고 들어오시지요."

활짝 열린 방문 앞에서 초특급 미모의 여성이 안쪽을 엿보고 있었다. 낯을 가리는 어린아이 같은 마이는 엄청나게 신선하네······.

"아아, 실례하도록 할게. 응, 어쩐지 그거네. 굉장히, 맞아, 레나코의 방이라는 느낌이야. 분위기가 어쩐지, 그런 무드군.”

무진장 바보 같아 보이는 마이의 언동에 나도 모르게 웃음이 터졌다.

내 방은 잡지에서 볼 수 있는 『여자애!』다운 느낌의 방과는 전혀 달라서, 커튼도, 바닥의 카펫도 수수하고 베개 커버조차 그냥 흰색. 티슈 상자도 고양이 커버가 씌워져 있다거나 그런 일 없이 당당하게 드러나 있어서, 겉은 꾸며놨어도 속은 숭숭 비어있는 나를 닮은 방이다…….

유일하게 꼽을 수 있는 특징은 여자아이의 방에는 어울리지 않는 TV와 투박한 콘솔 게임기. 철제 선반에는 아이돌 악수권을 노리는 열성팬이 사재기한 CD처럼 게임 소프트들이 잔뜩 쌓여있었다.

자기 방을 보여주는 건 자기 머릿속을 낱낱이 보여주는 거나 마찬가지라고 들은 적이 있다. 나라는 인간의 대부분은 비디오 게임으로 이루어져 있다.

“자 그래서…… 게임이 취미인 레나코랍니다.”

주뼛거리면서 두 달 만의 새삼스런 자기소개를 했다.

마이라면 분명 엄청 깬다고 생각하지 않을까, 그런 예상을 하고는 있었지만, 만약 이걸 보고서 『게임? 남자 중학생 같구나. 촌스러워』라면서 질색하기라도 한다면 울어버릴 거야.

하지만 실제 마이의 반응은 달랐다.

흥미로운 듯이 방 안을 둘러보고 있었다.

“응, 과연 그렇구나. 레나코다운 취미야. 나는 게임은 해본 적이 없지만 흥미는 있어. 게임을 가지고 노는 모습을 보여줄 수 있을까?"

달랐을 뿐만 아니라, 발 벗고 나서서 내 취미를 이해해주려는 모습에 나도 모르게 심쿵하고 말았다. 마이, 참 좋은 녀석……

"괘, 괜찮지만…… 놀 거라면 같이 해보지 않을래? 모처럼 우리 집에 온 거니까. 어때?"

아직도 방 안 어디에 앉아야 할지를 몰라서 멀뚱히 서 있는 마이한테 쿠션을 휙 던졌다. 마이는 곤혹스러워하면서 내 옆에 앉았다.

"하지만 방금도 말했듯이 나는 경험이 없어."

손에 컨트롤러를 쥐여줬다. 그 탓에 손가락 끝이 서로 닿고 말았지만 별로 두근거리거나 하지는 않았다. 그야 지금은 친구니까. 암튼 두근거리지 않았다니깐.

"괜찮아, 괜찮아. 간단한 게임이니 마이라면 금방 배울 수 있다니까."

거기다, 하고 말을 이었다.

"괜히 사양하지 않아도 괜찮으니까. 친구잖아?"

방긋 웃었다. 마이는 시선을 이리저리 방황하고 나서야, "그, 렇지"라면서 작은 목소리로 수긍했다. 마이의 뺨이 살짝 붉어져 있었다.

으으, 역시 오늘의 마이는 어쩐지 평소와 달라. 무방비한 데다 너무 솔직해.

그렇지 않아도 예쁜 외모인데 이런 기특한 모습을 보이면 한층 더 귀여워 보여……. 나는 게임기를 켜고서 억지로 이야기를 이어나갔다.

"그, 그러면, 둘이서 좀비를 쏘는 게임을 하자! 아— 나는 한 번만이라도 좋으니 둘이서 플레이 해보고 싶었어—!"

"해본 적 없었던 건가?"

"그 말은 뭐냐구—. 그야 친구를 내 방에 초대한 건 처음 있는 일인걸. 그도 그럴 게 『이번에 좀비 게임이 새로 출시됐으니까 우리 집에서 놀자고!』라고 말해본들, 『으, 여고생이 돼서 무슨 소릴 하는 거야……?』라는 느낌만 들잖아…….."

"그런가? 다들 받아들여 주지 않을까나."

"마이가 말하면 그렇게 될지도 모르지만…… 나로서는 조금 어렵단 말이죠……."

"흠. 하지만 덕분에 내가 레나코의 처음이 될 수 있었으니 영광이야."

"이상한 소리 하지 마!"

나는 주도적으로 그녀를 리드하면서 팍팍 게임을 진행해 나갔다. 완전히 공수가 역전된 마이는 나한테 끌려다니며 내 자신 분야에서 열심히 컨트롤러를 조작하고 있었다.

그 진지한 옆모습을 보고서 가슴이 조금씩 따뜻해지는 걸 느꼈다.

이것이 친구……. 둘이서 같이 게임을 하거나, 취미에 대해서 이야기를 나누는……. 어떠한 장애물도 없고, 손해득실에 얽매이지 않는 관계…….

아아, 이거야 이거……. 내가 원했던 건…… 이런 편안한 공간이었어…….

"그쪽이 아니야, 마이. 봐, 이쪽이쪽. 여기에 탄약이 있으니까 줍는 게 좋아. 앗, 오른쪽에 좀비 온다!"

"알았어. 이쪽은 맡겨만 둬. 음, 어디선가 목소리가 들렸다. 아직도 남은 녀석이 있는 거 아닌가?"

마이는 갈수록 실력이 늘어서 내가 조금 분하게 여길 정도였지만, 그 이상으로 든든하게 등을 맡길 수 있는 상대로서 믿음직스러웠다.

TV 앞에서 마음 놓고 깍깍거리며 즐겁게 놀고 있는 우리 둘 사이에는 밀당을 하거나, 분위기를 살피거나, 그런 건 전혀 없었다.

아아, 역시 친구가 제일 좋아. 이 이상의 관계는 있을 수 없어.

수영장도 멋진 장소였지만…… 역시 우리 집이 최고!

정작 하고 있는 일은 여고생 둘이서 그로테스크한 좀비를 쏴죽이고 있는, 차마 남들한테는 보여줄 수 없는 광경이지만 말이지!

"저기저기, 어땠어? 처음 해본 게임은."

신이 나서 옆을 봤더니 마이도 똑같이 나를 바라보고 있었다.

나도 모르게 『웃』하고 몸을 뒤로 빼버렸다. 얼굴이 가까워.

어제 수영장에 갔을 때보다 훨씬 더 가까웠다. 마이의 체온마저 전해져 오는 듯한 거리에서 나는 억지로라도 "자—아, 그럼 다음 스테이지!" 하고 밝은 목소리로 말했다. 그렇게라도 하지 않으면 뭔가에 삼켜질 것만 같은 느낌이 들었다.

"응. 그렇구나."

마이는 아무렇지도 않게 정면으로 시선을 돌렸다. 나는 안도의 한숨마저 내쉴 뻔했지만 내가 내심 동요하고 있다는 걸 들키고 싶지 않았기 때문에 태연함을 가장하며 컨트롤러를 과장되게 움직였다.

그날, 나는 정말로 즐거웠다. 그렇기 때문에 마이도 나랑 똑같은 마음일 거라고, 친구란 좋은 거라고 생각했으리라 믿고 말았다.

다음 주에 일어난 사건은 한마디로 말해서, 내 얄팍한 생각이 초래한 사태였다!

* * *

다음 주 월요일, 학교에서.

나는 머리를 내리고 연인 상태인 마이한테서 메시지를 받았다.

내용은『요전에 처음으로 게임을 해보니 아주 재밌었는데 또 놀러 가도 될까?』이런 느낌의 메시지였다.

고민된다. 연인 모드에 들어간 마이를 집 안에 들여놓으면 무슨 일이 벌어질까…… 싶어서.

거절하질 못하는 나는 기계적으로『물론 좋아』라고 답장을 보내고서 책상에 엎드렸다. OK 한 주제에 깨끗하게 체념하질 못한다.

쉬는 시간이 되자 아지사이 양이 "레나 짱, 아까부터 고민이 있나 봐~"라며 말을 걸어주었다.

민들레 홀씨 같은 부드러운 속눈썹 사이로 비치는 너무나도 맑은 눈동자에, 나는 황급히 얼버무릴 수밖에 없었다.

"아니, 뭐라고 해야 하나, 오늘은 뭘 할까, 같은 고민이라."

이래서야 제대로 의미가 전해질 리 없다. 고쳐서 다시 말했다.

"집에서 공부를 할까 고민하고 있었을 뿐이야. 친구한테서 놀자는 권유를 받았거든."

"나라면 놀러 가지 않았을까나? 공부는 놀고 난 다음에 해도 되니까."

싱글싱글 웃으며 대답하는 아지사이 양을 보니 온몸에 마사지라도 받은 것처럼 치유되는 기분이라, 나도 헤실헤실 웃었다.

역시 그렇지. 놀자, 놀아보자! 싶은 기분이 가득 차올랐다. 아지사이 양의 말은 천사의 계시에 버금간다.

"알겠어! 그러면 놀도록 할게!"

"좋겠다~ 뭐 하고 놀 거야?"

한 점의 악의 없는 질문에 나는 웃는 얼굴인 채로 말문이 막혔다.

아지사이 양한테 솔직하게 말한다면 어떻게 될까.

아주 조금 상상해봤다.

『좀비 머리를 총으로 쏴 재끼는 거야. 맞는 순간 뇌수가 펑 하고 터져 나와서 말이지! 굉장히 기분이 좋다고!』

아지사이 양이 자기 몸을 끌어안는 것처럼 팔짱을 끼고서 나를 내려다보았다. 하이라이트가 없는 눈동자로 차갑고도 날이 선 말을 토해낸다.

『하? 기분 나빠』

그저 망상일 뿐인데도 당장이라도 울기 직전까지 갔다.

아지사이 양은 인간력이 너무 높아서 『이렇게나 착한 아이가 존재할 리 없어!』싶을 정도라, 사실 보이지 않는 곳에서 엄청나게 시키면 어둠을 품고 있을 거라는 생각이 드는 것이다. 나 어디 아픈가?

"그 뭐냐…… 집에서 그, 뒹굴거리는 그런 거!"

적당히 무난하게 대답했더니, 역시나 아지사이 양은 빛 그 자체인 미소를 지어주었다.

"어머~? 친구랑 같이 뒹굴거리는 거야? 그거 엄청 재밌어 보이네."

입가에 손을 대고서 기품 있게 웃는 천사를 더러운 피로 더럽힐 수는 없다. 나는 끝까지 비밀을 엄수하면서 조금 후에 마이에게 『오늘도 잘 부탁해!』라고 한 번 더 답장을 보냈다.

저번에 집에 와서는 그렇게나 뻣뻣하게 긴장하고 있었던 마이니까, 집에 초대해도 분명 괜찮을 거야. 응.

또 함께 게임으로 놀 수 있다니 기대되네!

연인의 날은 따로따로 교실을 나오고, 나중에 밖에서 합류…… 이게 마이의 고집인 것 같다. 의미를 잘 모르겠지만 그냥 그렇구나, 싶은 마음이었다.

아무튼 전차를 타고서 4정거장 떨어져 있는 우리 집으로 향했다. 마이와 둘이서만 있는데도 예전보다는 덜 긴장하게 된 건, 일주일 동안 계속 함께 붙어있었던 덕분일까.

하지만 약간의 돌발 사고가 일어나고 말았다. 지금 막 일을 마치고 돌아온 엄마랑 우리 집 현관 앞에서 딱 마주치고 말았다.

아차, 싶은 생각에 그 자리에 멈췄다. 엄마도 나를 (아니 내 뒤에 서 있는 마이를) 보고서 굳어 있었다.

"그게, 친구."

마이는 재빠르게 표정을 수습하고서는 누가 봐도 『미스 퍼펙트』인 모습으로 고개 숙여 인사했다. 숙제를 깜빡한 카호 짱이 친구한테 보여 달라고 할 때와 맞먹는 굉장한 스피드였다.

"처음 뵙겠습니다, 오우즈카 마이라고 합니다. 레나코 양과는 같은 학교 친구로서 친하게 지내고 있습니다."

향기로운 장미의 향기가 두둥실 주변에 떠오르는 느낌이 들었다.

그 백점 만점에 5000점쯤 되는 자기소개 (외모 점수로 4900점 플러스 됐다.)를 받고서, 나와 마찬가지로 소시민인 엄마는 몹시도 당황하며.

"그, 그게…… 저기…… 네. 부디 레나코를 잘 부탁드립니다……?"

맘대로 나를 넘겨주지 말아줬으면 한다.

"네, 물론이죠."

인류의 평화를 지키겠다고 맹세한 지구 대통령 같은 엄숙한 얼굴로 고개를 끄덕인 다음, 마이는 기품 넘치는 웃음을 지으며 나에게 시선으로 재촉했다.

아, 그랬었지. 갑작스러운 조우에 잠깐 정신이 딴 데 가 있었다.

"맞다, 저기 마이는 내 친구고, 오늘은 놀러 왔어. 아니 정확히는 저번 주에도 놀러 왔었는데 엄마가 일 때문에 없었으니까."

"인사드리는 게 늦어서 정말 죄송합니다."

"아, 아뇨아뇨, 그런, 당치도 않아요……. 저기, 레나코, 정말로 네 친구니? 비밀리에 사회에 내려온 왕족이 아니라?"

"그건."

오늘의 그녀는 머리카락을 풀어 내린 상태다. 그 말은 즉, 엄밀히 따지자면 친구가 아니라……!

마이는 나에게 의미심장한 미소를 보내면서 다시금 "레나코 양과는 굉장히 멋진 만남을 갖는 중입니다"라고 말했다. 말해버렸다.

그 당당한 발언에도 엄마는 당연히 눈치채지 못한 채, 무슨 말씀을요 변변치 않은 딸이랍니다, 라고 말하고 싶은 것처럼 고개를 기웃거릴 뿐이었지만, 내 목덜미는 후끈 달아올랐다.

온도를 너무 올려놓은 전기난로에서 도망가는 심정으로 나는 신발을 벗고서 빠른 걸음으로 걸어갔다. 지금은 마이에게 내 표정을 들키지 않도록 거리를 벌리고 싶었다.

"지금부터 마이랑 같이 게임하고 놀 거니까! 엄마는 방에 들어오지 않아도 괜찮으니까!"

내 등 뒤로 마이의 태연자약한 목소리가 들려왔다.

"그럼 실례하겠습니다. 시어머님이 좋으신 분이구나, 레나코."

정신없는 틈을 타서 『시어머니』라고 부르지 말라고! 창피해!

방에 들어오고 나서, 나는 잠시 동안 등에 흐른 땀을 식혔다.

"엄마한테 그런 말을 하다니, 대체 무슨 생각을 하는 거야?!"

"무슨 말일까? 너와 나는 한 치의 거짓도 없이 같은 학우로서 멋진 만남을 갖고 있는 게 맞잖아. 그게 아니면 혹시 레나코는 뭔가 특별한 의미로 받아들인 걸까?"

그 미소는 그야말로 철벽의 요새나 마찬가지였다.

파워 밸런스가 요동치고 있어……. 뭔가 요전번과는 전혀 달라…….

"그다지 상관은 없지만……. 마이를 내 방에 초대한 건 그런 쪽 의미가 아니니까 말이지. 나는 평범하게 게임을 하고 싶었을 뿐이니까."

"물론, 나도 그럴 생각이야. 친구 사이일 때도 정말로 즐거웠으니까. 연인 사이라면 분명 훨씬 더 즐거울 게 틀림없을 거라고 확신하고 있어."

일부러 과시하는 것처럼 마이는 자신의 긴 머리를 손으로 쓸어내렸다. 방 전체에 나를 유혹하는 듯한 마이의 향기가 가득 퍼지자 나도 모르게 얼굴을 찌푸렸다.

방 안으로 적이 공격해 들어온 모양이다. 마음을 단단히 먹지 않으면…….

"……요전번에는 나를 방심시키기 위해서 내숭을 떨었던 거야?"

"아니, 그저 단순히 긴장했을 뿐이야."

"그러면 이번에도 긴장 좀 하라고!"

"연인의 요망에 답하고 싶다는 마음이야 굴뚝같지만 나는 한번 경험한 일들은 거의 다 능숙하게 해내거든. 기합을 잔뜩 넣었다는 점도 있고 말이야."

나는 "아 그러십니까……"라고 말했다. 그거 말고는 할 말이 없었다…….

저번보다 조금 더 거리를 벌려서 앉았지만, 여전히 육식동물과 같은 우리에 갇힌 기분이었다.

마이는 뭔가 좋은 생각이라도 떠올린 표정으로 게임기를 향해 무릎으로 기어갔다.

엉금엉금이라는 형용사는 마이와는 절대 인연이 없을 거라고 생각했는데, 정작 이렇게 뒤에서 그 모습을 보고 있자니 치마에 감싸여 있는 작은 엉덩이가 좌우로 흔들리고 있어서, 뭐라고 할까 그게……. 아니 나는 지금 무슨 생각하는 거람! 상대는 같은 여자애라고!

내가 예상하지 못한 사태에 당황하는 한편, 마이는 게임소프트를 집어 들고서 뒤를 돌아보았다.

"이걸 같이 해보지 않겠어? 오늘의 나와 너라면 협력 플레이보다도 오히려 대전 플레이가 잘 맞을 거라고 생각한다만."

도발적인 시선에 나는 어쩐지 알 수 없는 흥분을 꾹 참아 눌렀다.

마이는 고혹적인 표정을 짓고서 입술을 핥으며 나를 바라보고 있었다. 마치 나를 시험하는 듯한 눈매. 정말로 야릇하다.

크으윽.

"……좋아. 알겠어."

친구가 된다고 해도, 나는 한 번쯤 『마이에게 이겼다』는 실적이 필요하다. 딱히 같은 반 친구로서만 남을 거라면 아무래도 좋겠지만, 내가 바라는 『절친한 친구』는 다르다. 상대와 이해타산을 벗어난 신뢰 관계를 맺어야만 한다. 대등한 관계가 아니면 안 된다.

그리고 한 번 정도는 마이한테 『이거 졌다』라는 말을 듣고 싶으니까 말이야!

"좋았어! 해보자고!"

뭐, 대결 종목이 마이는 한 번도 해본 적 없는 게임(그것도 마이는 게임 자체를 저번 주에 처음으로 해봤다.)이라는 건, 역시 너무 치사한 거 같기도 하지만! 어쩔 수 없잖아! 마이는 겨우 일주일 만에 나를 앞지를 것 같은걸!

상관없어. 초보자가 상대라도 이긴 건 이긴 거야!

내가 의욕을 보이자 마이는 한층 더 판돈을 올렸다.

"그러면 이긴 쪽이 상대에게 뭐든 한 가지 소원을 부탁할 수 있다는 조건은 어떨까나. 연인끼리는 이런 놀이를 하는 법이잖아?"

"어, 음……."

반사적으로 『무리』라는 말이 목구멍까지 올라왔지만 멈췄다.

마이는 나를 정신적으로 동요하게 만들려고 저럴 뿐이다. 저것 좀 봐, 저 능글맞은 표정.

여기서 승부를 피한다면 마이는 한층 더 손쓸 수 없게 돼서, 용

의주도하게 승부를 걸어올 게 분명하다.

"조, 좋아. 하겠어."

"후후, 그렇게 나와야지. 레나코. 아아, 너는 정말로 매력적이야."

나는 입술을 삐쭉 내밀면서 대전 격투게임의 디스크를 게임기에 삽입했다.

이 게임자체는 상당히 어려운 난이도 탓에 얼마 파고들지 못하고 그만둬버렸지만, 그래도 한 달 가까이 랭킹 매치를 돌리며 사람들과 대전했으니까. 시스템조차 파악하지 못한 마이한테 질 리가 없다.

"그러면 먼저 5승을 따내는 쪽이 이기는 걸로. 연습해볼 시간 필요해?"

"그건 괜찮아. 그 대신에 한 번이라도 내가 이긴다면 내 승리로 해 주는 건 어떨까?"

"핸디캡은 드릴 수 없습니다. 마이라면 엄청난 요행으로 승리를 가져가 버릴 것 같으니⋯⋯."

"그런가, 냉정하구나. 뭐 괜찮아. 연인의 귀여운 어리광을 너그럽게 봐주는 것도 나에게 있어서는 애정을 표현하는 수단 중 하나니까."

마이는 자신만만하게 웃었다. 만약 내가 이겨도 분명 『레나코는 강하구나』라면서 웃음을 무너뜨리지 않을 게 분명하겠지만!

설령 그렇다고 해도 질 수 없는 싸움이 바로 여기에 있어!

자아! Let's Rock!!

나는 3승 5패의 성적으로 패배했다.

뭣이라.

"나의 승리구나."

어, 어째서……? 넋이 나가 있었던 것도 잠시뿐.

나는 마이를 노려보았다.

"……너, 요전에는 게임은 처음 해본 거라고 말했으면서."

마이는 내 시선을 태연한 얼굴로 받아쳤다.

"나는 레나코한테 거짓말을 하지 않았어."

"그, 그렇지만."

마이는 여전히 미소를 무너뜨리지 않았다.

마이의 말은 분명 진실이다. 그야, 그런 짓을 한다면 지금 여기서 이긴다고 해도 내 신뢰를 잃게 될 테니까. 마이는 절대로 그런 짓을 하지 않을 거라는 사실쯤은 알고 있다.

알고는 있지만 그렇다면 어째서?!

마이는 엣헴, 이라는 소리가 절로 들려오는 것 같은 귀여우면서도 밉살스러운 표정으로 뽐내고 있었다.

"사실은 그날 돌아가는 길에 게임기를 사서 말이지. 특훈을 했거든. 레나코를 깜짝 놀라게 해주려는 생각에 말이야. 어땠을까? 깜짝 놀랐어?"

"어이가 없어! 겨우 주말 사이에 이 정도로 해내는 그 재능과 집념이 말이야!"

대전하면서, 어렴풋이 그런 거 아닐까 싶기는 했지만! 그렇다고 겨우 이틀 연습한 녀석한테 질 줄이야!

"가드 테크닉을 연습할 시간은 없었으니까 말이지. 상대에게 선택지를 강요하는 법과, 콤보만 열심히 연마했어. 이거라면 혼자서 연습해도 어느 정도는 할 수 있지. 레나코는 지나치게 신중하니까."

"젠장, 미스 퍼펙트! 이 스쿨카스트 스카이트리 여자!"

게임에 담긴 자신감이 우지끈 꺾여 버렸다.

내가 엎드려서 바닥을 쿵쿵 때리고 있었을 때, 다리를 풀고서 비스듬히 앉아 있는 마이의 무릎이 보였다. 한순간 타이츠를 입은 그 다리를 콱 깨물어 버릴까 싶었다.

나를 더욱 몰아붙이는 목소리가 위에서 쏟아져 내려왔다.

"그래서 내가 이겼구나. 뭐든 한 가지, 부탁을 들어주는 거겠지?"

나를 놀라게 해주려고 벼락치기로 연습했다는 사실을 당당하게 말하는 마이. 하지만 『이틀간 연습해왔다』라는 말을 듣는 시점에서 이미 나는 엄청 얕보였던 거겠지.

"으으."

"자, 레나코."

"그러기로 했으니까 말이야……."

하지만 뭐든 한 가지…… 뭐든 한 가지라니!

"아무리 그래도 너무 억지스러운 건 안 들어줄 거니까?! 아래층에 엄마도 계시고!"

마이는 빙긋 미소 지었다.

"⋯⋯⋯⋯물론이고말고. 당연히 알고 있단다. 이건 어디까지나 게임의 연장이니까 말이야."

"방금 그 긴 침묵은 뭐야?!"

"혹시나 기회가 되면, 싶은 마음은 언제든 품고 있고 싶어."

"⋯⋯내가 말리지 않았으면 대체 무슨 부탁을 할 생각이었던 거야."

마이가 살짝 쑥스러워하는 표정을 지었다.

뭔데.

"내 아이를 낳아달라고 할까나, 했지."

"그럴 막대기도 없잖아, 임마!"

16세. 아마오리 레나코. 처녀. 설마하니 내 입에서 이런 소리가 나올 줄은 몰랐다.

"아니 그보다 놀다가 정한 벌칙 게임으로 내 평생을 결정지을 생각이었던 거야?!"

"그만큼의 사랑을 가슴에 품고서 너와 만나고 있다는 사실을 이해해줬으면 해."

"거짓말하지 마! 혹시나 싶은 마음이라며?!"

"어때, 흥분되는 마음이 용솟음치지 않니?"

"이해하면 할수록 끝없는 심연을 들여다보고서 한층 더 큰 공포심만 용솟음치는데요?!"

몸을 보호하듯 감싸면서 마이와 거리를 벌렸다.

여기는 내 방인데도 도망칠 곳이 없다.

마이는 어흠, 하고 헛기침을 했다.

"물론 농담이야. 중요한 일을 이런 게임으로 정하지는 않아. 너스스로의 의지로 나를 선택해 주기를 원하니까 말이야. 어차피 최종적으로는 그렇게 되겠지만."

"이미 기정사실인 것처럼 말하지 말라구……."

연인이 아니라 친구가 되기 위해서는 이 녀석의 자신감부터 꺾어줘야 할 필요가 있다고 생각하면 기운이 쭉 빠진다.

"그러면 무슨 부탁을 할 건데……."

"그렇구나. 하고 싶은 건 무한대로 있지만."

"무한대씩이나."

"굳이 말하자면 이 정도일까."

마이는 가방에서 둘둘 말아놓은 한지를 꺼냈다.

대체 뭘 준비한 거람.

승리감에 한껏 도취되어 있는 마이가 펼친 종이에는 멋진 글씨체로 이렇게 적혀 있었다.

눈으로 죽 읽었다.

『레나코와 포옹하고 싶다.』

재판에서 승소를 따낸 것처럼 만족스러워하며 종이를 펼쳐 든 마이는 눈을 반쯤 뜨고서 나에게 시선을 돌렸다.

"어쩐지 너무 평범해서 오히려 수상해……."

"과연. 역시 이 정도로는 너에게도 모자랐던 건가. 안심해줘. 좀 더 자극적이면서도 너 또한 즐길 수 있을 법한 것들도 준비해 놨어. 예를 들면 레나코의 가슴을."

"앗, 포옹으로 괜찮습니다! 그걸로 좋습니다!"

다른 종이를 꺼내려고 하는 마이의 얼굴이 노래방 미러볼처럼 반짝반짝 빛났다.

"정말로? 그렇군, 기쁘구나. 싫어하는 너를 억지로 안는 것도 나름대로 나쁘지는 않지만, 역시 선뜻 받아들여 준다면야 그 이상 가는 게 없지."

"아아…… 그래……."

나는 단념하기로 했다.

요전번에는 콧등에 키스 당했다. 포옹 정도야 뭐…….

"그러면 양팔을 벌려줘."

"뉘예뉘예……."

이제는 어찌 되든 좋다는 기분으로 허수아비같이 양팔을 좌우로 쭉 뻗었더니, 마이는 진지한 표정을 지으며 내 곁으로 다가왔다.

그야 얼굴 예쁜 걸로는 두말할 것 없는 마이다. 내 눈앞으로 가까이 다가오면 두근거리는 것도 어쩔 수 없는 일이다. 나는 노말이다. 이건 내 잘못이 아니야.

하지만 방금 전까지 장난만 치던 주제에 이때라는 듯이 진지한 표정을 지으니까……. 자기가 예쁘다는 걸 알고 있는 미인은 정말로 성가신 존재다.

"그럼 잠깐 실례하겠어."

"으, 응……."

부드럽게, 부서지기 쉬운 물건을 다루는 것처럼 마이는 내 몸을 품에 안았다.

가족 이외의 사람한테 꼭 끌어안기는 감각은 지금까지 한 번도 맛본 적 없는 미지의 영역.

뭐라고 표현해야 할지 알 수 없었다. 그저 손끝부터 발끝까지 긴장하고 있으면서도, 동시에 만족스럽게 이완되는 것 같은 신기한 감각이었다.

"레나코."

"웃."

귓가의 속삭임에, 이게 누군가의 품이라는 사실을 다시금 떠올렸다. 거기다 상대는 그냥 누군가가 아니다. 1분 1초조차 절대적인 가치를 지니고 있는 마이다.

나와는 비교도 할 수 없을 정도로 귀중한 그녀의 시간을 독점하고 있다는 사실에 뒤가 켕기는 기분이라, 등줄기가 오싹했다.

"레나코 좋아해."

"아, 알겠으니까…… 이제 슬슬……."

지금 이 순간, 마이는 오직 나만을 생각하고 있다.

내 체온만을 느끼고 있다.

"정말로 좋아해, 레나코. 언제까지고 이렇게 있고 싶어."

"너, 너무 길지 않나요……?"

"꼬옥."

"어푸."

밀착 상태에서 상반신을 한층 더 꾹꾹 밀어붙이는 마이. 혹시나 두근거림이 멈추지 않는 내 심장소리가 전해지면 어쩌나 싶은 걱정에 괜히 얼굴이 달아오르기 시작했다.

아니, 물론 나는 떳떳하다고 해야 하나. 상대가 누가 됐든 간에 이렇게 열정적으로 품에 안겨들면 그야 당연히 두근두근하겠지. ……그렇게 방금 전에 했던 변명을 다시금 거듭했다.

어쨌든. 성격은 제쳐두고서라도. 마이는 정말로 예쁘고, 믿기 힘들 정도로 아름다운 여성이라서 부러워하는 것조차 어리석게 느껴질 정도의 존재였다.

그런데.

"저, 저기 말이야, 마이."

나는 살짝 쉰 목소리로 말했다. "왜 그러니?"라며 묻는 마이의 목소리는 좋아하는 소녀를 품에 안고 있는 이 상황을 무척 만족스러워하는 것처럼 들렸다.

그래서 더욱 묻지 않고서는 참을 수 없었다고 해야 하나.

"……마이는 혹시…… 정말로 나를 좋아한다거나, 그런 거야?"

어깨를 붙잡혔다. 마이의 눈이 나를 똑바로 마주했다. 고양이가 깜짝 놀랐을 때처럼 마이의 동공이 살짝 풀려있었다.

마이는 마치 정면에서 호스로 물벼락을 맞은 것처럼.

"이제 와서?!?!?!"

내 생각 없는 발언은 『슈퍼달링』이 저런 얼굴을 하게 만들 정도로 충격적이었던 모양이다.

아침 HR이 시작되기 전. 이제부터 긴 하루가 시작될 거라고 선고하는, 하루 중에서 가장 우울한 그 시간에 나는 멍하니 생각에 빠져있었다.

　옛날부터, 인기 있는 사람이 되거나 남들한테 사랑받는 사람이 되는 걸 동경하고 있었다.

　하지만 나는 어디까지나 일반적인 사람이었기 때문에, 내 인생에서 특별한 일은 일어나지 않을 거라는 예감만 들었을 뿐이었다.

　오히려 그랬기 때문에 더더욱 나 자신을 바꾸기 위해서는 스스로 행동에 나서야 한다고 생각했었다. 그건 바꿔 말하면, 누구도 내 인생을 도와주지 않을 거라는 생각. 신데렐라 스토리를 기대하지 않는 요즘 세대의 메마른 감상도 함께였겠지.

　친구는『자연스럽게 생기는 것』이 아니라『노력해서 만드는 것』이었고, 내가 있을 장소나 그룹도 어떻게든 계속 물고 늘어져서 유지해야만 하는 것들이었으니까.

　누군가로부터 특별한 호의를 받게 된 순간── 나는 그 감정의 덩어리를 도저히 받아들일 수 없었다.

　솔직하게 까놓고 말하면 여전히 믿을 수가 없네─…….

　"레나 짱. 아침부터 고민이 있어 보이네~."

　앗, 천사 아지사이 양.

　"으, 응. 뭐 조금 말이지─…….."

89

미묘한 텐션인 오늘의 나로서는 아지사이 양의 사랑스러움이 거북하다.

혹시나 아지사이 양도 나를 좋아해서 자꾸 말을 거는 걸까……? 라는 착각이 마음속에서 불쑥 고개를 내밀 것만 같아서 황급히 그런 생각을 머릿속에서 털어냈다. 어흠어흠어흠.

이게 다 마이 때문이다. 나는 아무런 잘못도 없어. 그야 연인으로서 마이를 방에 초대해버린 건 내 실책일지도 모르지만…….

"와, 정말이다. 손이 차갑네. 손발이 차가울 때면 안 좋은 생각을 한다고 하던데?"

"히엑."

멍하니 있었더니, 아지사이 양이 갑자기 내 손을 쥐었다. 따뜻한 손에 감싸 안기자 내 손보다도 먼저 얼굴이 뜨거워지고 말았다.

역시 아지사이 양도 나를 좋아하는 건가?!

아니아니, 그건 아니지. 아지사이 양은 원래부터 스킨십이 많았었고, 남자애들이랑도 가벼운 접촉 정도는 하니까…….

솔직히 예전부터 항상 아지사이 양이랑 둘이서 같이 함께 놀러가고 싶다고 생각했다. 하지만 내가 먼저 권했다가 거절당하고『하아, 짜증…… 착각하지 말아줄래? 음침한 게』라는 말을 들을까 봐 너무 무서워서 지금까지 전혀 실행에 옮기지 못했다.

괜찮아…… 아지사이 양은…… 나만의 아지사이 양이 아니니까…….

"어머, 또 손이 차가워졌는데?"

게다가 당황하는 아지사이 양의 어깨 너머로, 지금 막 등교한 마이가 눈에 들어왔기 때문에 더더욱 큰일이다.

히익, 마이가 보고 말았다! 아지사이 양이 내 손을 붙잡고 있는 모습을 보고 말았다!

어째서 이렇게나 허둥지둥하는 건지 스스로도 도무지 알 수 없었지만, 갑자기 켕기는 기분이 들어서 황급히 손을 놓고서 일어났다.

"자, 잠깐! 화장실 좀 다녀올게!"

"어? 아, 응. 잘 다녀와~."

머리를 묶고서 들어오는 마이와 서로 엇갈리며 교실에서 뛰쳐나왔다. 교실 전체에 심장소리가 울리는 건 아닐까 싶을 정도로 가슴이 고동치고 있었다.

진정하자, 진정. 계속 반복해서 되뇌었지만 내 가슴은 따라주질 않았다. 내 학교생활이 마이한테 휘둘리고 있어!

"자, 그러니까 일단 조정해두고 싶어……."

학교가 끝나고 돌아가는 길에 들른 카페. 2인석에서 서로 마주 앉은 우리들.

수업을 마친 학생들의 왁자지껄한 소란 속에서, 마이는 싱글싱글 웃으며 입꼬리를 말아 올렸다.

"호오. 언제 입술을 맞댈지 말인가?"

"아니야! 지금은 친구모드잖아!"

성난 눈초리로 마이를 째려보았지만, 쇠귀에 경 읽기. 그녀는
묶어 올린 머리카락을 여봐란 듯이 손가락으로 꼬며 장난을 치고
있었다. 겨우 한 번 포옹한 걸로 『한 발짝 리드』라고 생각하다니,
이 자식…….

여기저기서 쏟아지는 시선이 느껴진다. "야 저기, 오우즈카 마
이 아니야?"라며 속삭이는 목소리들도 함께. 마이는 이 근방에서
유명한 사람이라, 인스타그램에도 유명 잡지 모델로서 얼굴을 내
걸고 있고, 당당하게 교복 차림으로 걸어왔기 때문에 학교가 어
딘지 추측하기도 쉬웠다.

교내에서 마이와 같은 그룹 소속으로 주목받는 건 솔직히 나쁜
기분은 아니었지만, 이런 식으로 밖에서 남들의 거리낌 없는 시
선을 받는 데에는 익숙하지 않았다. 『저 녀석은 뭔데 오우즈카 마
이랑 같이 있어?』『하나도 안 어울리잖아. 웃겨.』 이런 목소리들
이 들려온다고!

아니야, 그래서 뭐 어쨌다는 건데! 나는 아마오리 레나코라고!
중학교 시절의 나랑은 달라졌어! 가슴을 펴겠어! 게다가 마이는
나를 좋아하니까 말이지!

"왜 그래? 어째서 양손으로 얼굴을 덮고 있는 거니?"

"아니…… 내 안의 용기를 북돋기 위해서였다고는 해도, 자존
심을 팔아버린 기분이 들어서…… 스스로가 부끄러워졌어…….."

그것도 하필이면 마이가 나를 좋아한다는 사실까지 끌고 와서
는 내 몸을 지키는 방패로 쓰려 하다니……. 자존심도 없냐! 나는
바보야!

"마이는 친구, 마이는 친구, 마이는 친구, 마이는 친구…… 좋아, 회복됐어!"

반쯤 억지로 기합을 담아 외치자, 마이는 어깨를 으쓱이며 카푸치노를 마셨다.

나는 밀크 티가 담긴 컵을 테이블 한구석에 밀어놓고서 스프링 노트와 필통을 꺼냈다. 스프링 노트에서 종이 두 장을 빼내, 우리 둘 앞에 한 장씩 놓았다.

"오늘은 조금 정리를 해두고 싶어."

"정리?"

"응. 마이는 연인에게 어떤 것들을 원하고 있는가, 일단 들어보고 싶어서."

"즉, 내가 어마무지하게 신경 쓰인다는 말이구나."

"그렇지, 어떤 의미로는 말이야! 콱 머릿속을 해부해볼 수 있다면 그게 제일이겠지만 그럴 수도 없는 노릇이니까 말이지!"

도끼눈을 치켜뜨면서 샤프를 마이에게 건넸다.

"나는 친구가 된다면 하고 싶은 일들을 조항별로 적을 테니까 마이는 연인이 된다면 하고 싶은 일들의 조항을 적어줘. 그런 다음 서로 보여주자."

"흠. 그다지 상관은 없지만 이 종이 한 장으로는 도저히 다 적을 수가 없는데."

"대표적인 몇 개만 골라도 되니까! ……아니 그보다 마이는『서프라이즈로 하고 싶으니까 안 돼』라고 말할 줄 알았어."

마이는 한 손으로 입가를 가리면서 가볍게 웃었다.

"하하, 서프라이즈 따위에 의지할 필요는 없어. 내가 진심으로 행복하게 만들어주겠다고 결심한다면 이 세상에 누구라도 기뻐하지 않을 사람은 없어. 너도 분명 기뻐할 거야."

호언장담에도 정도가 있는 법이다.

"엄청난 자신감이네. ……요전에는 나한테 전혀 마음이 전달되지 않았다는 사실을 깨닫고서 넋이 나갔던 주제에."

"……자, 그럼 어서 적어볼까."

"앗, 이 자식 못 들은 척했어! 그 오우즈카 마이가! 천하의 오우즈카 마이가! 미스 퍼펙트 님이 못들은 척을! 그래도 되는 겁니까—?"

내가 열심히 약을 올려도 미소 하나로 간단하게 흘려내는 마이. 과연 정점에 서 있는 여자는 시기나 질투에도 익숙해서 그런가, 조롱에 대한 내성도 무지막지하게 높았다.

자아자아, 그러면 친구 사이에 하고 싶은 일들이라.

마이만큼은 아니지만 당연히 나도 여백이 부족할 정도로 하고 싶은 일들이 잔뜩 있다. 재미있어 보이는 2인용 게임이 출시될 때마다 언젠가는 친구랑 함께 했으면 좋겠다고 생각하며 장바구니에 담아두기만 해왔던 인생. 마이는 게임도 진지하게 맞상대해 주니까 분명 즐거울 거야.

그 밖에 같이 가보고 싶은 곳들도 얼마든지 있다. 진부하기는 하지만 치바에 있는 꿈의 나라도 놀러 가보고 싶어. 친구와 둘이서 간다니, 이건 틀림없이 즐거울 거야.

어쩐지 점점 즐거워지는걸.

콧노래가 흘러나올 것 같은 기분으로 망상을 적어가고 있던 도중에 문득 묘하게 조용해진 마이가 신경 쓰여서 살짝 훔쳐보았다.

그녀는 조각상에 비견될 정도로 아름다운 얼굴로 진지하게 종이를 마주 보고 있었다.

심장이 고동쳤다. 저렇게나 진지하게 나에 대해서 생각해주고 있다니. 그야 뭐 기쁘지 않다고 말하면 거짓말이 되겠지…….

갑자기 신경이 쓰였다. 마이는 나랑 연인 사이가 된다면 어떤 것들을 하고 싶은 걸까. 마치 영화에서나 나올 법한 로맨틱하면서도 드라마틱한 일들을 꿈꾸고 있으려나…….

"저, 저기 말이지, 마이. 잠깐만 보여줄 수 있어?"

"응? 아아, 물론이지, 괜찮고말고."

공주님처럼 웃으면서 나에게 내미는 종이가 무도회 초대장같이 느껴졌다.

내 귀에 들려오는 소란스러운 카페의 소음이 한순간 잠잠해지며, 나는 지금 공주님에게 한눈에 반한 평민 소녀──.

종이를 들여다보았다.

『키스한다.』『혀를 넣는다.』『가슴을 만진다.』『알몸으로 껴안는다.』『같이 목욕한다.』『몸을 씻겨준다.』『머리를 감겨준다.』『다리를 주무른다.』『허벅지를 핥는다.』『음부를 만진다.』『귀를 핥는다.』『손가락을 핥게 한다──.』

욕망의 대박람회였다.

"잠까아아안?!"

"왜 그러니? 그렇게나 큰 목소리로. ……혹시 흥분한 건가?"

"아니야! 하지 마! 얼굴 붉히지 마!"

이 자리에서 당장 종이를 북북 찢고 싶은 기분을 필사적으로 참았다.

"그보다 마이…… 뭔데, 처음부터 내 몸이 목적이었던 거야……?"

마이는 유치원 선생님한테 고백하는 귀여운 아이를 마주하는 것처럼, 뭔가 흐뭇한 걸 바라보는 뜨뜻미지근한 눈으로 나를 보았다.

"어째서?!"

"내 주관이 일절 담기지 않은 객관적인 사실을 솔직하게 말하자면, 만약 몸이 목적이라면 너를 고를 일은 없어."

우지끈, 하는 소리가 내 가슴 주변에서 들려온 것 같았다.

"큭, 그, 그런 건 모르는 거잖아! F는 있다고 나! 에프으!"

엄청나게 냉정하게 지적당하자 도저히 창피해서 못 참겠어! 불합리해!

내 몸에 푹푹 꽂혀있는 팩트로 이루어진 나이프들을 하나하나 뽑아내고 있자, 마이는 다리를 꼬고서 올려 묶은 머리카락을 만지작거리며 침착한 어조로 입을 열었다.

"나는 사랑하는 상대를 만지고 싶고, 마음은 물론 육체적으로도 맺어지길 원하고 있어. 그게 그렇게나 의외였던 걸까?"

마치 되묻는 것 같은 말투인데도 마이가 워낙 달변이라서 그런 걸까, 성실한 답변처럼 들린단 말이지…….

"그런 것들만 쓰여 있으면 놀라는 것도 당연하잖아……. 그치만 말이지."

목소리가 작아진다.

대신에 마이가 얼굴을 가까이 내밀었기 때문에 눈을 피했다.

"여자끼리 사귀고 싶다고 말한 것도, 뭔가 사실 그런 쪽으로 즐기고 싶어서는 아닐까 생각해서."

"……호오."

내가 말했지만 정말 심한 소리다.

하지만 그 오우즈카 마이에게 한눈에 반한 평민은 자꾸만 그런 생각이 들게 된다.

그렇다면 이렇게 솔직하게 말로서 전하는 게 지금 내가 보일 수 있는 성의였다.

"마이는 터무니없을 정도로 매력적이니까, 남자는 이제 질렸으니 가끔씩은 여자도 뭐, 라는 가벼운 기분은 아닐까 싶어서."

"믿음을 주지 못했다는 점은 유감이지만, 나도 평범한 고등학생과는 동떨어진 화려한 삶을 살고 있다는 자각은 있으니까 말이지."

마이는 쓴웃음을 지었다.

"응. 그래서, 저기, 꼭 안겼을 때…… 어쩐지 마이의 마음이 전해져 와서……. 정말로 나를 좋아하는구나 싶어서 상당히 당황했어. 이 녀석 대체 무슨 생각을 하는 거야? 하고. 갑자기 마이를 잘 알 수 없어져서."

"과연 그렇군. 그래서 이렇게 친구와 연인으로 각자 하고 싶은 일들을 종이에 적은 건가."

마이의 눈동자가 여러 감정으로 흔들렸다.

그러고서 나를 향해 손톱이 가지런히 정리되어있는 손가락을 내밀었다.

"……뭐야? 악수?"

"잠깐 손을 빌려주겠어?"

먼저 주변을 둘러보고 나서 머뭇머뭇 손을 뻗었다. 마이의 손이 테이블 위로 내 손바닥을 포개듯이 덮고서는 꼭 쥐었다.

마이의 손이 살짝 차갑게 느껴지는 이유는 분명 내 손이 뜨거워졌기 때문이다.

손에 닿는 감촉이 아지사이 양과는 전혀 달라……. 어쩐지 손뿐만이 아니라 마음까지 이어지는 기분이었다.

꽃이 피어나는 미소와 함께, 마이는 다른 한쪽 손을 자신의 가슴에 올렸다.

"좋아하는 아이와 닿고 싶어. 육체적인 접촉까지 포함한 관계가 내가 생각하는 연인이야. 상대가 남자가 됐든 여자가 됐든 달라지지 않아. 나는 어떤 행위든 할 수 있다는 마음의 준비를 갖춰놨어."

내 등 뒤에 벽이 있어서 다행이다. 만약 통로를 등지고 있었다면 뒤로 넘어갔을지도 모른다.

"여자끼리는 불가능하잖아?!"

"방법을 알고 싶다면야, 기꺼이 밤새도록 가르쳐줄 수 있다만."

"나한텐 전혀 마음의 준비가 되어있지 않다니깐!"

마이가 쓴 노트를 그녀 눈앞에 들이밀면서 황급히 고쳐 말했다.

"아니 그보다 친구끼리는 이런 짓 안 한다고!"

"기대감으로 손바닥이 축축하게 땀에 젖어있는 것 같다만."

"식은땀이야! 눈앞에 있는 여자가 얼마나 늑대인지 깨닫게 된 아기 돼지의 식은땀!"

마이의 손을 뿌리쳤다. 계속 쥐고 있게 놔둔다면 손을 통해 마이 성분이 스며들어서 하나부터 열까지 마이가 말하는 대로 이루어질 것 같은 공포감이 밀려왔다.

"대체 뭐람…… 마이는 엄청난 육식동물이었잖아……."

대체 어째서 이렇게 된 거냐고 물으려다가 입을 다물었다.

그러고 보니 이 녀석, 인싸 중에 인싸였다. 거기다 모델이고 쿼터. 그렇다면 성욕이 어마어마하게 강할 게 분명하잖아……(편견).

"알겠어! 다음 주 주말에 예정 있어? 비어있어? 그러면 나한테 시간 좀 내줘! 같이 외출할 테니까! 물론 열렬한 데이트 신청이 아니라 어디까지나 친구로서니까?!"

마이는 기세 좋게 외치는 내 모습을 흥미롭게 지켜보고 있었다.

"네 부탁이라면 당연히 거절할 수 없지."

나왔다. 『내 승리는 변함이 없지만 상대의 체면을 세워주겠다』라는 웃음이다.

여, 열받아!

"이, 이런 엉큼한 짓 말고, 친구끼리 허물없이 같이 놀러 가는 게 얼마나 멋진 일인가를 너에게 확실히 가르쳐줄 테니까!"

사실 궁지에 몰렸다는 느낌이 들었다. 어째서 그런지는 나 자신도 어렴풋이 깨닫고 있었지만, 결코 마이한테만큼은 간파당하지 않도록 잔뜩 허세를 부렸다.

안 되겠어, 이 여자…… 어떻게든, 빨리 어떻게든 하지 않으면!

이대로라면 마이의 가치관에 물들어 버려서, 헤프고 음란한 애가 되어버려……!

카페에서 나오자마자 바로 마이와 헤어져서 서둘러 집에 돌아왔다.

선반에 꽂아뒀던 하고 싶은 일들, 가고 싶은 장소들 리스트를 꺼내서, 그중 눈에 띄는 항목들을 골라서 종이에 옮겨 적었다.

이제는 차츰차츰 서서히 마이를 늪 속으로 끌어당기겠다는 소리를 할 때가 아니다. 다음번 외출 때 결판을 내겠다. 이건 늪이 아니라 끝을 알 수 없는 구덩이다. 단숨에 일격으로 마이의 가슴을 꿰뚫어 버리는 거야.

그러기 위해 내일부터 나흘간 점심시간마다 마이의 취향을 은근히 조사해서, 최강의 일정표를 짜주겠어.

내가 바라는 건 취급 주의 딱지가 붙어있는 폭탄과도 같은 동성 간의 연인 사이가 아니야.

3년간 적당한 거리감을 유지하면서, 괴로울 때나 슬플 때나 언제나 함께 서로를 지탱해 줄 수 있고 마음이 맞는 최고의 친구니까!

다만 기합이 잔뜩 들어간 내 의지와는 반대로 주말의 일기예보는 폭우. 만약에 빗줄기가 너무 심할 경우엔 약속이 취소될지도 모르는 상황이다.

젠장, 날씨마저 마이의 편이냐고!

* * *

6월 중순이 되어, 이제 남은 약속기한도 절반. 날씨도 내 편을 들어줬다. 후후, 이겼구나. (아님.)

푸르게 반짝이는 유월의 하늘 아래서 화사하게 웃었다.

약속장소는 도쿄 텔레포트역이다.

신주쿠역에서 린카이선을 타고 약 20분. 물론 평소에는 집 근처나, 멀리 나가봤자 신주쿠 부근에서 노는 게 고작이었지만 오늘은 다르다.

이건 내 고등학교 3년간의 편안한 생활을 결정짓는 성전이니까!

가족끼리, 커플끼리 놀러 나온 사람들로 북적이는 도쿄 텔레포트역 개찰구 앞.

나는 너무 과하지 않은 수준에서 한껏 멋을 낸 나들이옷을 입고서 서 있었다.

심플한 니트 상의에 살짝 짙은 색감의 캐주얼한 무릎 스커트. 마이와 나란히 걸어 다닐 테니까 밑창이 두꺼운 샌들을 골랐다.

고등학교 데뷔를 목표로 했던 당시, 여동생한테 부탁해서 머리끝부터 발끝까지 전부 골라달라고 했던 옷들이니까 센스는 완벽하다. 왠지 말하고 나니 슬퍼졌다.

약속 시간인 13시가 되기 딱 5분 전, 사람들 속에서 연예인 뺨치는 늘씬한 키의 미녀가 나타났다. 마이다.

오? 싶었던 건, 마이도 너무 과하지 않은 차림으로 나타났다는 점이다.

하얀색 셔츠에 긴 플레어스커트. 신발은 스니커라서 묘하게 기합이 들어간 거 같으면서도 편한 복장이다. 물론 휴일에 걸맞게 나름 꾸미고는 있었지만. 길게 땋아 내린 머리카락이라든가 말이지. 그래도 완벽한 친구모드다.

"안녕, 레나코. 6월 날씨야말로 춥지도 덥지도 않아서 딱 좋다는 생각이 들지 않아?"

"그러네—. 날씨가 맑아서 다행이야! 혹시 마이는 맑음 소녀?"

"아니, 나는 내가 비가 왔으면 좋겠다고 바랄 때는 비가 내리고, 맑았으면 좋겠다고 생각할 때는 날이 개는 소녀지."

"너무 편하잖아. 인생이 그렇게 이지모드라도 괜찮은 거야?"

함께 걸었다. 마이는 내 옆에 나란히 섰다. 짐을 들어줄까? 하는 과한 배려도 없었다. 역시 이 정도 거리감이 가장 마음 편하다.

"그건 그렇고 오늘은 일부러 멀리까지 와줘서 정말 고마워! 스케줄도 짜 왔으니까 신나게 놀자!"

긴 에스컬레이터를 타고서 지상으로 나왔다. 바다 근처라서 바람이 시원했고, 햇볕도 반짝이며 내리쬐고 있었다.

나는 이 인공적으로 만들어진 비일상적인 느낌이 담긴 거리를 좋아한다.

"마이는 오다이바에는 그다지 놀러 온 적 없다고 말했지—. 의

외로 마이는 행동반경이 좁구나— 싶었어."

"휴일에 단둘이서 놀러 나갈 친구는 없었으니까 말이지."

"어? 그랬어? 그렇게나 항상 사람들한테 둘러싸여 있으면서?"

"학교나 업무로 대화하는 상대와 개인적인 시간을 할애해서 함께하고 싶은 상대는 다르잖아?"

"포지션이 다르다는 걸까나? 조금은 알 것 같아."

나도 마이와 이렇게 단둘이서 놀러 가게 될 줄은 생각도 못 했으니까 어쩐지 신기하네.

아니 그보다 지금 나는 마이를 혼자서 독차지하고 있다. 그런 생각이 들어버렸다.

"왜 히죽거리고 있는 거니, 레나코."

"어? 따, 딱히 히죽거리지 않았는데?"

"그렇게나 나와 외출하는 게 기쁜 건가?"

"그런 점도 있을지도!"

방긋 웃으면서 씩씩하게 대답했더니 마이는 어째선지 쑥스러워했다.

"……그, 그렇구나. 그렇다면 영광이야."

가볍게 대화를 주고받으면서 향한 곳은 역 바로 옆에 있는 오다이바의 명소, 오다이바 플라자다. 여기는 쇼핑몰이면서 동시에 어뮤즈먼트 파크이자, 뭔가 굉장히 여러 가지 가게들이 잔뜩 입점해 있는 시설이다. 시설 옆에는 리조트 호텔까지 있다.

입구에 듬직하게 서 있는 거대 로봇 등신대는 오다이바가 위기에 빠지는 순간 눈에서 빛을 뿜으며 움직인다는 소문이 있다. 불

타오른다!

하지만 이렇게 사람이 많은 장소를 걷고 있으면.

"마이, 역시 사람들이 엄청나게 쳐다보네."

"그렇지. 혼자라면 여러 사람들이 말을 걸어와서 말이야. 그게 귀찮아서 사람이 붐비는 장소에는 그다지 가지 않아."

"얼굴이 예쁜 여자의 고충이구나……. 저기 마이는 자기 얼굴에 대해서 어떻게 생각해?"

"태어날 때부터 발이 빠르다든가, 몸이 튼튼한 사람과 마찬가지로 내가 가진 훌륭한 무기라고 생각하고 있어."

"그 무기, 마치 원시시대에 기관총을 가지고 다니는 수준의 파괴력이 있단 말이지……."

"호오."

마이는 재미있다는 듯이 한쪽 눈썹을 올리면서 내 얼굴을 들여다보았다.

"그렇구나, 너도 내 외모가 마음에 든다는 거지? 후후, 기쁘구나."

갑자기 그렇게 미소 지으면 두근거리니까 하지 말아줬음 좋겠다.

"우엣, 아니 그건…… 아니 그보다 그렇게나 예쁜 얼굴인데 싫어할 사람은 없잖아……."

"확실히 많은 사람들이 칭찬하지. 하지만 말이야, 그런 것보다 내가 좋아하는 단 한 사람이 기뻐해주는 쪽이 더 행복해. 너는 나를 고독한 창살 속에서 구해준 운명의 사람이니까."

"그러니까 그건 너무 과장이라니깐! 너는 앞으로의 인생 속에서 얼마든지 운명의 상대를 만날 테니까 좀 더 긴 안목으로 내다보라고!"

그런 대화를 주고받고 있자니 "저기, 너희들 잠깐 괜찮을까?"라며 마이한테 말을 거는 목소리가 있었다. 대학생 정도로 보이는 남자 둘. 기회를 봐서 마이의 연락처를 따내려는 녀석들이다.

"아니, 오늘은 친구가 함께 있어서."

마이가 평범하게 대응하려고 했기 때문에, 나는 남자들을 무시하고서 마이의 팔을 잡아끌었다.

나 정도 되는 아싸에겐 저런 사람들을 그냥 무시하고 지나가는 일쯤이야 손쉬운 일이다.

"마이, 말 거는 사람들을 일일이 상대해줘서야 끝이 없어."

남자들을 뿌리치고서 그렇게 말하자, 마이는 면목 없다는 기색이었다.

"하지만 나는 일단 미디어에 노출되어있는 몸이니까⋯⋯."

그렇구나, 팬 서비스도 해줘야 하니까 아예 처음부터 무시할수도 없는 노릇인가⋯⋯.

좋았어.

"그러면 오늘의 마이는 내가 지켜줄 테니까!"

잘난체하면서 친구를 향해 웃어 보였다. 그러자 마이는 눈을 크게 뜨고서 깜짝 놀라고 있었다.

"나를, 지켜줘⋯⋯?"

"응. 친구잖아? 맡겨줘!"

나는 가슴을 탁탁 두드렸다. 여기서 친구를 불안하게 해서야, 오늘 하루를 마음껏 즐길 수 없을지도 모르니까. 그건 당연히 싫잖아!

마이가 잔뜩 허세를 부리는 나를 따뜻한 눈으로 지켜보고 있는데…… 신용이 안 가나?!

"괘, 괜찮다니깐! 나도 할 때는 한다고…… 생각해!"

"아니, 그래서 그런 게 아니라…… 응, 아무것도 아니야. 그러면 오늘은 네가 지켜주는 히로인의 기분을 맛보도록 할까."

"히로인이 아니라 친구니까 말이지!"

정말이지 몇 번을 말해야 이해하는 거람, 얘는!

시원하게 냉방이 틀어져 있는 오다이바 플라자 안을 산책했다. 목적지는 정해져 있다. 후후후, 슬슬 친구에게 나의 트릭을 맛보여 줄까나.

"저기, 마이. 오늘은 VR 게임을 체험하러 가는 거야."

"VR? 아아, 버추얼 리얼리티 말인가. 최근에 그런 게임이 유행하고 있다는 이야기는 들어본 적이 있어."

마이는 어쩐지 남의 일처럼 말했다. 눈이 차가워 보일 정도다.

"그러면 해본 적은 없는 거구나. 나는 게임쇼에서 체험해본 적이 있는데 제법 굉장하다구. 마이도 분명 금방 빠져들 거라고 생각해!"

어딘가 근미래적으로 꾸며진 쇼핑몰 통로를 걸으며, 마이가 핫

핫 웃음을 터트렸다. 그 멋진 미소에 또다시 여러 사람들이 뒤를 돌아보았다.

"지금 웃어두는 게 좋을 거야. 좀 이따가 마이는 나에게 울면서 사과하게 될 거니까."

"버추얼 리얼리티가 아무리 굉장하다고 할지라도, 어째서 그걸로 레나코한테 사과해야만 하는 건지는 잘 모르겠지만…… 그렇군, 그렇게까지 말한다면 기대해보겠어."

"응응."

"무엇보다 나는 어릴 때부터 오페라나 콘서트에 따라다니며 자랐던 몸. 쇼 비즈니스에 관해서는 나름대로 안목이 있다는 사실만큼은 말해두겠어."

마이는 착실하게 패배 플래그를 적립해두고 있었다. 좋은 진행이다.

오다이바 플라자 중앙에 있는 VR에어리어는 예약 입장이다. 일단 안에 들어가면 유료 티켓을 써서 좋아하는 어트랙션을 즐길 수 있게 되어있다.

학생에게는 조금 부담되는 가격이지만.『나는 하고 싶지만 그래도 친구들한테 권하기엔 조금 비싸고, 부담되려나』싶은 금액이라도 상대가 마이라면 얼굴색을 살필 필요가 없다는 사실이 너무 편하다.

시간에 딱 맞춰서 도착. 거침없이 입장. 안에 있는 로커에 짐을 맡기고서 우리들은 VR 에어리어 어트랙션을 둘러봤다.

에어리어는 체육관 정도 크기였고, 곳곳에 매력적인 부스들이

점재해 있었다. 마치 이 에어리어 자체가 게임 속, 세계처럼 느껴졌다.

"마이는 해보고 싶은 거 있어?"

"음....... 나는 잘 모르겠는걸. 레나코에게 맡기겠어."

"오케이—! 그러면 말이지...... 좋아, 스키 타러 가자!"

처음은 설산에서 스노보드를 타고 활강하는 게임을 체험해보기로 했다.

접수처 언니한테 구입한 티켓을 두 장 건넸다. 게임에 대한 설명을 듣고서 가면무도회처럼 눈만 노출되어 있는 종이 마스크를 뒤집어쓴 다음, 고글을 착용했다.

그곳에는 360도 파노라마로 펼쳐지는 설산이 있었다. 눈앞이 급경사라서 고소 공포증이 있는 사람이라면 겁을 집어먹어 버릴 정도로 생생한 현실감이 있었다. 예전에 즐겨봤을 때보다 더욱 발전한 선명한 해상도에 가슴이 두근거렸다. 이것이 게임의 일진월보!

"호오...... 이건 제법."

마이가 감탄사를 흘렸다. 옆을 보니 분명 평상복을 입고 있던 마이가, 스키복을 입은 아바타로 변신해있었다. 좋았어, 이걸로 준비 OK!

"좋아, 가볼까 마이! 따라올 수 있겠어?!"

"......무, 물론!"

내 텐션에, 마이도 기세 좋게 지면을 박차고 뛰어내렸다. 두 사람의 인영이 바람을 가르며 전인미답의 설경을 미끄러져 내려갔다. 엄청 기분 좋아. 지금 나는 일개 여고생이 아니라 험준한 설산을 가로지르는 한 사람의 모험가야── 라고 생각하자마자 튀어나온 암벽에 격돌해서 멀리 날아가고 말았다.

옆에서 마이의 웃음소리가 들려왔다.

"이야, 제법 굉장했구나."

"맞아! 어째서 마이가 나보다 더 빠른 건지 납득은 가지 않지만!"

딱히 승부였던 것도 아니고, 졌다고 분하지는 않지만 그래도 이겼다면 더 기분이 좋았을 것도 사실이다. 나랑 마이는 자연스럽게 둘이서 대전할 수 있는 게임들을 돌아다녔다.

우리들은 서로 로봇에 올라타서 정면으로 맞서 싸웠다. 프로야구 선수가 돼서 관중으로 가득 찬 스탠드를 무대로 공을 주고받았다. 우주에서 침략해 오는 인베이더들에게 광선총을 쏴서 점수를 겨루거나, 때로는 힘을 합쳐 유령 저택에서 탈출했다. 검을 휘두르며 몬스터를 쓰러트리는 전설의 용사가 된 마이는 신이 나서『자아 와라, 마물 놈들! 이 마을은 내가 지킨다!』라며 연기를 하고 있었다.

계속해서 새로운 자극을 찾아 우리들은 빠른 걸음으로 어트랙션을 돌아다녔다.

"아, 저기 봐, 저쪽이 비었어! 두 시간 제한이라서 이제 20분 뒤엔 여기서 나가야 하니까 어서어서 서둘러, 마이!"

"훗, 재촉하지 않아도 알고 있어. 그나저나 뭐야, 레나코도 이렇게 재미있는 장소를 혼자서만 알고 있었다니 심술궂구나. 어째서 좀 더 빨리 나한테 권해주지 않았던 거야."

"오늘 이렇게 권했잖아! 불만이라면 마이도 좀 더 권유하기 쉬워 보이는 표정을 짓던가!"

그렇게 토닥이면서도 우리들은 즐겁게 웃고 있었다.

"지쳤어……."

"너무 웃어서 뺨이 아파……."

플라자 카페로 이동한 우리들은 테이블에 푹 엎드렸다. 아무리 즐거웠다고는 해도 너무 신났다.

도중부터 텐션이 한계치를 돌파해서 브레이크가 고장 난 폭주 기관차처럼 내달렸다고…….

"아아, 새콤달콤한 그레이프 주스가 몸에 스며들어……."

"솔직히 말해서, 어째서 굳이 오다이바까지 와서 놀아야 하나…… 생각했지만 정말 재밌었어."

"마이도 그런 생각하는구나……."

몸을 일으켜서 멍하니 마이를 쳐다봤더니 그녀는 목이 늘어나 버린 셔츠처럼 부드럽게 풀어진 얼굴로 웃었다.

"하지만 우리 집에 VR기기를 구입해 놓는다 해도, 오늘 같은 즐거움은 느껴볼 수 없겠지. 어느 정도의 불편함과 제한된 시간이 있고, 거기에 함께해주는 친구가 있기 때문에 느낄 수 있는 즐거움인가."

"그, 그래! 바로 그거야!"

나도 모르게 마이를 향해 손가락을 들이밀었다.

"중요한 건 바로 그 점이야. 드디어 알아주는구나, 마이!"

마이는 그 점엔 조금도 개의치 않고서.

"하지만 그렇다면 친구가 아니라 연인사이라도 상관없는 거 아닌가?"

"마이는 여전히 뭘 모르는구나~!"

과장되게 의자 등받이에 몸을 기대자 마이는 살짝 눈썹을 꿈틀했다.

"상대가 연인이어서야, 신경이 그쪽으로 쏠리잖아. 잘 보이고 싶다고 생각하거나, 미움받고 싶지 않아, 좀 더 나를 좋아해 줬으면 좋겠다거나, 그런 생각이 들고 말이야."

마이는 턱을 만지면서 크게 깨달은 것처럼 말했다.

"과연 그렇군. 너는 나와 데이트하는 동안 그렇게 생각해줬던 건가."

"아니야! 어디까지나 예시라고!"

"……연인이 있었던 적도 없으면서."

그 말은 못 들은 척했다.

"그러니까 친구 사이가 최고야. 마이도 오늘은 억지로 즐거운 척했던 게 아니잖아? 그것도 연인 관계였다면 이렇지 못했을 거라고 생각해."

마이는 진지하게 내 말을 듣고서 고개를 끄덕였다.

"그렇구나. 그 말은 분명 맞을지도 몰라."

좋아좋아, 나는 보람을 느끼고 있었다.

마이가 즐겁게 즐겨주고 있다는 것도 알았고, 나도 너무나 재미있었다.

금방 녹초가 되어버리는 내 기력 게이지도 아직은 잔량이 남아있어서, 어떻게든 심야까지 놀 수 있을 것 같았다.

"저기, 마이. 조금 쉬고 나면 다음엔 쇼핑하러 가자~ 나 둘러보고 싶은 물건이 있어."

"……아아."

끄덕이는 마이의 손을 쥐고서 일어났다. 『짜증 나!』라면서 뿌리쳐도 할 말이 없을 정도로 꼭 쥐었는데도, 마이는 여전히 뭔가 생각에 빠져있는 모양이었다.

"……과연, 그렇구나. 너에게 있어서 친구라는 건."

"어?"

"아니, 아무것도 아니야."

카페에서 나온 다음 맞잡은 손을 풀고서 (계속 쥐고 있을 수는 없다. 그야 친구니까!) 자리에 멈춰 섰다.

"뭐야뭐야, 무슨 일 있어?"

마이의 얼굴을 들여다보자, 마이는 웃으면서 어깨를 움츠렸다.

"뭐랄까. 확실히 서로 정리해볼 필요가 있었을지도 모르겠다고 생각했을 뿐이야. 같은 말이라도 사용하는 사람에 따라서 전혀 다른 의미가 되는 경우도 있구나 싶어서."

무슨 의미인지 잘 모르겠다.

"……또 나를 놀리는 거야?"

"설마. 너에게 있어서 『친구』가 헤아릴 수 없을 정도의 가치를 가지는 것과 마찬가지로, 나 또한 『연인』의 의미를 너에게 분명하

113

게 전해야만 한다고 생각했어. 이 정도로 진심을 다한 선물을 받았으니까. 다음은 나도 확실하게 보답을 해야겠지."

그 선언이 『나는 아직도 진짜 실력을 감추고 있습니다』처럼 들려서 얼굴을 찌푸렸다.

"진심을 다하는 건 좋은데⋯⋯. 놀이동산을 통째로 빌려서 『너를 위해서야』 같은 소리는 하지 말아줘. 진짜로."

"로맨틱하다고 생각하지 않아?"

"금전 감각의 불일치는 파국의 원인 중 하나니까 말이지!"

우리들은 오다이바 플라자에서 하루 종일 놀았다. 마이가 어떤 점에 마음이 걸리는 건지는 알 수 없었지만 정말로 즐거운 하루였다.

잠시 동안 주변을 걸으면서 가게를 돌아다니거나, 또 카페에 들러서 잡담을 나누거나 했더니 시간이 금방 흘러갔다. 아쉬운 마음에 발걸음이 떨어지지 않으면서도 돌아가는 전차에 타기 위해서 플라자에서 나왔을 때──.

──오후 6시, 엄청난 기세로 폭우가 쏟아져서 길이 물에 잠겼다.

어째서야! 오늘은 맑은 날씨 아니었어?!

"젠장─! 날씨는 내 편을 들어주고 있었을 텐데─!"

홀딱 젖은 채로 플라자 입구에서 으앙~ 하고 우는 시늉을 하고 있는 나. 옆에서 마이가 열심히 손수건으로 몸을 닦아주고 있었다.

플라자를 나온 순간이었다.

호우가 아니라, 아예 하늘에 구멍이 뚫린 수준으로 쏟아지는 빗줄기를 딱 몇 초간 맞았을 뿐인데 온몸이 흠뻑 젖었다. 옷도 안 갈아입고서 수영장에 뛰어든 것 같은 꼴이었다.

"어째서 그 타이밍에 내리는 걸까……."

주위에는 우리처럼 폭풍처럼 몰아친 소나기를 뒤집어쓴 애가, 추워 차가워 최악이야를 연발하면서 난리치고 있었다.

내 이마에 축축하게 달라붙어서 물방울을 떨어트리는 앞머리를 닦아주고 있는 마이는 마치 엄마 같았다. 어쩐지 부끄러워져서 몸을 뒤로 뺐다.

"나, 나는 괜찮으니까. 마이는 자기 몸부터 닦아."

"닦으라고 해도, 우리 둘 다 손수건만 가지고서야 밑 빠진 독에 물 붓기야."

"그러네……. 이래서야 전차에도 탈 수 없는데 어쩔까. ……플라자에서 타올이나 갈아입을 옷이라도 살까……?"

엣취, 하고 마이는 작게 재채기를 했다. 6월의 비는 제법 차갑다. 조심스레 마이의 팔을 만져보니 얼음장처럼 차가워져 있다. 초조하다.

"자, 잠깐 마이. 역시 몸부터 닦지 않으면……."

그제야 깨달았다. 주변의 시선을 끌고 있잖아!

"아니 그보다 다들 쳐다본다, 쳐다본다고!"

절세 미녀가 머리부터 발끝까지 흠뻑 젖어서 물방울을 떨어트리고 있다. 속옷까지 비쳐 보이는 데다가 나조차 군침을 삼킬 정도로 요염한 색기를 뿌리고 있었다.

친구를 어떻게든 지켜야 해. 일단은 내가 벽이 돼서 보호하고 있지만!

마이는 꽁꽁 얼어붙은 표정으로 입가에 손을 대고서 스마트폰을 꺼냈다.

"조금 몸이 식어버린 모양이야. 미안하지만 잠깐 전화 좀 해도 될까?"

"어? 아, 응."

젖어버린 스마트폰 액정을 손수건으로 닦고서, 마이는 어딘가에 전화를 걸었다. 혹시 마중 올 사람을 부르는 걸까? 그렇게 생각하고 있었더니.

"──응, 나야. 조금 젖어버려서, 마마."

마이는 엄마를 마마라고 부르는 타입인 모양이다. 어울려.

하지만 설사 사람이 온다고 해도 이대로 마이를 젖은 채로 방치할 수는 없는 노릇이다. 나는 딱히 감기에 걸려도 상관없지만 친구까지 아프도록 놔두는 건 천벌 받을 짓이다.

쇼핑몰 안내도를 보면서 어느 가게로 갈지를 계산해 본 뒤 돌아오자, 마이도 마침 전화를 마친 모양이었다.

"잠깐 함께 어울려 줄 수 있을까? 레나코."

잠깐 눈을 뗐을 뿐인데 젖은 머리카락에서 물방울을 흘리고 있는 마이는 동화 속 인어공주만큼이나 아름다웠다.

"어, 뭐, 뭔데? 괜찮긴 한데, 어디에?"

마이는 조금 말하기 힘든 것처럼 우물거렸다. 자기 먼저 집에

간다거나 그런 걸까나. 뭐, 마이는 귀한 집 아가씨 같으니 그렇게 돼도 어쩔 수 없지.

하지만 그게 아니었다.

안내도에 있는 호텔을 가리키면서, 그야말로 비에 홀딱 젖은 강아지 같은 눈망울을 하고서는.

"호텔에."

오우즈카 마이는 그렇게 말했다.

그 말을 들은 순간 말문이 막혀서 "뭐……?"라고 되물을 수밖에 없었지만.

차근차근 얘기를 들어봤더니 어쩔 수 없다는 생각이 드는 사정이 있었다.

마이는 다음 주에 어머니의 일을 도와드리러 해외로 나갈 예정이 있었고, 만에 하나라도 아프면 안 된다는 점. 때문에 돌아가기 전에 몸을 따뜻하게 덥히고 싶었다는 점. 그래서 어머니와 상담한 결과, 호텔을 잡자는 결론에 이르렀다는 사실.

샤워하고 옷을 갈아입기 위해서 호텔 방을 빌린다니, 돈 쓰는 법이 사치스러워……. 뭐, 이제 와서 새삼스럽나.

아니 그래도 말이지.

"……그런데 어째서 나까지 함께야?"

"여기서 『그럼 나는 호텔에서 쉬다가 갈게』라면서 비에 젖은 친구를 혼자 돌려보내는 쪽이 더 이상하다고 생각하지 않니?"

"그거야 그렇지만……."

마이와 단둘. 우리들은 마침 비어있던 호텔 방 안에 입실해 있었다.

그거야 그럴지도 모르지만 상대는 마이……. 아니 그래도 지금의 마이는 친구……. 친구니까 괜찮아, 괜찮은 거 맞지……? 알 수 없어졌다.

커다란 침대가 방 한가운데에 떡하니 놓여있는 리조트 호텔이었다. 욕실도 아주 커다래서 가족끼리 다 함께 들어갈 수 있을 정도다.

마이가 욕조에 따뜻한 물을 받아두는 동안에 엄마한테 문자로 『비가 그치면 갈 거라서 조금 늦어』라고 보내뒀다.

거짓말은 아니다. ……비가 그치는 걸 기다리는 곳이 호텔방이라는 사실을 말하지 않았을 뿐이지.

목욕 타월을 목에 걸고서 마이가 돌아왔다. "자, 레나코도"라며 어서 옷을 벗으라고 재촉했다.

그녀는 이미 속옷 차림이었다.

그 오우즈카 마이의 반쯤 벗은 모습이다. 바로 얼마 전에 수영복 차림을 눈에 담았던 참인데도. 고급스러워 보이는 검은색 브레지어와 팬티만 입은 차림은 또 다른 색다른 느낌이 있었다…….

젖은 속옷이 미묘하게 비쳐 보이고…… 어, 어쩐지 야하지 않아?

위험해……. 지금은 친구, 친구…… 입 안에서 몇 번이고 중얼거렸다.

그보다 이 녀석 앞에서 옷을 벗는 건, 친구고 연인이고를 떠나,

한 명의 여자로서 엄청나게 허들이 높네…….

"레나코, 자 어서 빨리해. 룸서비스를 불러서 건조기에 넣을 테니까. 자자, 너도 얼굴이 점점 빨개지고 있다고."

내 얼굴이 빨간 건 다른 이유 때문이라고…….

"재촉하지 말아줘…… 이렇게 보여도 용기를 내려고 노력하고 있으니까…….."

마음을 다질 시간조차 없어서 나는 단념했다. 이 이상 꾸물거리고 있으면 마이가 억지로 벗길 기세다. 그렇게 되면 여러 의미로 위험해. 시각적으로.

옷에 달라붙은 옷을 벗어냈다.

속옷 차림이 됐어도 마이는 여전히 질책하는 것 같은 눈으로 나를 보고 있었다.

"왜, 왜 그래? 벗었는데……?"

"아니, 그 귀여운 핑크색 속옷도야."

"뭐어?! 세일할 때 산 2천 엔짜리 속옷이거든?!"

"아무도 가격은 물어본 적 없어. 자, 어서. 감기 걸린다고."

마이는 반에서 여왕같이 행동하고 있을 때처럼 『당연히 내가 옳다』라는 눈빛이었다.

뿌리부터 아싸인 나는 그 시선에 무진장 약하다. 거기다 정론이기도 하고!

"으으…… 욕실에 다녀올게!"

옆방에서 속옷까지 벗어서 세탁 주머니에 쑤셔 넣었다. 목욕 가운을 몸에 걸치고서 방으로 돌아오니, 마이도 벌써 목욕 가운으로 갈아입고 있었다.

바디 라인이 그대로 드러나 있는 데다 그 안쪽이 알몸이라고 상상하면 머리에서 뜨거운 김이 뿜어져 나올 것만 같았다.

이상하네. 오늘은 친구모드인데…… 아니, 친구 사이라도 호텔에서 단둘이 목욕 가운 한 장만 걸치고 있는 건 당연히 부끄럽지!

세련된 차임벨 소리가 울리며 룸서비스 언니가 옷을 가지러 왔다. 문을 열고서 세탁 봉투를 건네는 마이.

우리들은 이제 밖에 나갈 수단도 사라졌다. 옷이 다시 올 때까지 호텔 방에 갇혀있게 되었다.

잠시 동안의 고요를 사이에 두고서 마이가 이런 상황에서도 리더십을 발휘했다.

"자아, 욕조에 물도 받아졌겠지. 감기에 걸리기 전에 우리 둘 다 몸을 데워볼까, 레나코."

"아, 응……. 저기, 그럼 오우즈카 양…… 먼저 씻으세요."

"바보 같은 소리 하지 마."

히익, 또 그 눈빛이다!

"친구를 혼자 놔두고서 나만 오랫동안 목욕할 수 있을 거라 생각해? 같이 들어가자."

"같이…… 마이랑 같이?!"

손목을 꽉 붙잡혀서 나는 기절초풍하며 외쳤다.

"으와아아아잠깐기다려어어어어어!"

결국, 우리들은 몸을 맞대고서 욕조 안에 들어가게 되었다. 우

121

리 둘 부피만큼의 물이 욕조 밖으로 넘쳐흘렀다.

너무 창피해서 옆을 볼 수가 없어. 하지만 친구를 너무 의식하는 것도 이상하니까, 이건 내 감정이 잘못된 거다. 이론상으로는 이럴 리가 없으니까.

마이가 후우, 하고 뜨거운 한숨을 내쉬었다.

"타이밍이 나빠서 미안하구나. 확실히 이럴 때는 연인보다 친구인 쪽이 마음 편하게 마주할 수 있겠지. 이런 식으로 네가 나를 의식하게 만드는 수작은 조금 더 나중에 선보였을 텐데."

어이, 그걸 지금 이 타이밍에 사과하는 거냐.

나는 손목에 찬 헤어밴드를 만지작거리면서 마이의 안색을 살폈다.

방금 전까지는 완고했으면서 지금은 기운이 없어 보였다. 이런 상황에서 하이텐션을 유지해도 곤란하지만…….

아, 정말이지, 친구 사이야 친구 사이. 마치 주문처럼 되뇌었다.

이렇게 된 이상 이판사판이다. 억지로라도 밝은 목소리를 냈다.

"와— 이런 데에 입욕제가 있어—! 역시 초호화 호텔—! 넣어보자, 넣어보자—!"

"화제를 돌리는 법이 서투르니?"

"와—! 유자의 좋은 향이 최고야—! 올해의 트렌드는 이걸로 결정—!"

마이의 태클도 못 들은 척 넘기고서 일부러 명랑하게 떠들었다. 마이랑 몸을 바싹 맞대고서 욕조 안에 들어와 있는 이 상황보다 부끄러운 일은 없는걸!

창피를 무릅쓰고 일인 연극을 이어갔더니 결국 마이가 참지 못하고 "후훗" 하며 웃음을 흘렸다. 해냈다, 내 승리다.

"……정말이지 너는……. 하지만 미안해. 갑자기 호텔에 가자고 권해서."

"그러니까 표현 좀……. 아니 그보다 마이가 뜻을 꺾지 않는 건 항상 있는 일이잖아. 새삼 신경도 안 써. 오히려 돈까지 대신 내 줘서 나야말로 고마워. 친구끼리니까 될 수 있으면 나도 절반은 부담하고 싶은데."

"괜찮아, 이번에는 내 사정에 맞춰준 거니까."

옆에서 들려오는 마이의 단아한 목소리가 어쩐지 간지럽게 느껴졌다.

나는 최대한 칙칙하게 느껴지지 않도록 목소리 톤에 주의를 기울이며 물었다.

"근데 말이야, 그 뭐냐, 다음 주에는 어머님 일을 도우러 해외에 가는 거야?"

그렇게 물어본 순간.

아주 무거운 침묵이 옆에서 전해져 왔다.

큰일 났다. 아무래도 나는 또 화제 전환에 실패해버린 모양이다.

마이의 거의 아무런 감정도 담기지 않은 목소리가 목욕탕 안에 울렸다.

"마마는 내가 사치를 부릴 수 있도록 해주고 있으니까 말이지. 되도록 걱정을 끼치고 싶지 않아서."

마이의 옆얼굴을 돌아보자, 바로 눈앞이었다.

나도 모르게 다시 정면으로 시선을 돌렸다. 위험해, 두근거렸어.

"마, 마이도 그런 생각을 하는구나. 어머님은 패션 디자이너셨지?"

"그래, 정력적으로 해외를 돌아다니고 계셔. 세계에는 아름다운 모델들이 산더미처럼 있다고 말하면서도, 가끔씩 나를 부르곤 해. 딸에게는 다른 사람들로선 불가능한 역할이 있는 모양이지. 잠시 학교를 쉬고서 프랑스에 다녀올 거야."

"헤에⋯⋯."

"나는 축복받은 환경 속에 있으니까 그 답례는 해야만 해. 마마가 뭘 요구한다고 한들 그걸 거절할 이유도, 권리도 없어."

마이가 길게 뻗은 다리를 양손으로 끌어안으며 무릎에 얼굴을 묻는 모습은 마치 어린애처럼 보였다.

평범한 사람이었다면 『배부른 소리구나』라고 생각하겠지.

어머니가 유명한 사람에다, 집도 부자고, 마이 자신도 모델로서 여러 곳을 돌아다니고 있다. 젊음도 미모도, 거기에 걸맞은 재능도 지니고 있는 그녀랑 내가 어떻게 친구로서 지낼 수 있는 걸까. 싶은 생각이 드는 순간도 있다.

하지만.

"마이도 고생이 많구나."

내 입에서 흘러나온 말은, 그런 위로였다.

"⋯⋯어?"

"아, 아니."

3연속으로 틀렸나! 하고 나도 모르게 가슴에 손을 올리고서 자기반성에 빠져있었더니, 마이는 나를 빤히 바라보면서 투명하게 비쳐 보일 것 같은 무방비한 표정을 드러냈다.

……틀린 게 아닌가? 잘 모르겠지만.

"어째서 그렇게 생각했어?"

"아니, 그야……."

내 눈을 들여다보는 마이 때문에 엄청나게 부끄러웠지만 그런 말을 꺼낼 수 있는 분위기가 아니어서 입만 우물거렸다.

"전에도 진정한 자신을 바라봐줬으면 좋겠다는 그런 말을 했었잖아. 다른 사람의 기대에 계속해서 부응해야 하는 건 괴롭겠구나― 싶어서. 그야 압박감에 어깨가 결릴 만도 하지."

뭐, 나는 스스로의 기대에도 부응하지 못하고 있지만 말이죠! 그렇게 살짝 자학 개그를 섞어서 말을 마무리하려고 했을 때 마이가 몸을 불쑥 내밀었다.

우엑?! 어깨가 맞닿았다.

"그렇구나, 생각났어. 나는 너의 그런 점을 알고서 좋아하게 됐었어."

"그, 그러셨습니까. 하지만 이 정도야 누구든지."

한층 더 얼굴이 가까워지고. 숨결조차 닿을만한 거리.

히엣! 알몸, 알몸이라구요, 우리 둘 다!

"없었어."

"어……?"

"나에게는 달리 그 누구도 그렇게 말해주는 사람이 없었어. 누

125

구나 부러워하고 나를 떠받들었어. 태어날 때부터 그랬지. 상대가 누구든 내가 여왕처럼 행동하기를 기대했고, 나 또한 스스로를 그 기준에 맞춰왔어."

"그, 그건 굉장하네."

치켜세울 생각이 아니라 진심으로 그렇게 생각한다.

정말 상상조차 할 수 없는 세계지만, 상상해 보았다.

사츠키 양이 라이벌로 여기고, 카호 짱의 동경을 받으면서……

안 되겠다. 5분 만에『아닙니다! 저는 그렇게 대단한 사람이 아닙니다!』라며 항복이다. 노력조차 못 하겠어.

"아, 알겠어. 안심해 마이. 어떤 누가 환상을 품고 있어도 나는 마이가 심술쟁이에다 성욕으로 넘치는 이상한 녀석이라는 걸 이해해 줄 테니까."

마이를 원래 자리로 밀어내면서 말하자, 이번에야말로 그녀는 정말 재미있다는 듯이 웃음을 터트렸다.

"아아, 그렇구나. 나를 그런 식으로 말하는 건 너밖에 없을 거야."

"뭐, 친구니까 말이지."

나는 손목에 헤어밴드를 찬 손으로 손가락 한 개를 펴면서 뽐내듯이 말했다. 알몸인 채로, 마찬가지로 알몸인 마이 쪽을 돌아보았다.

"이 사람만큼은 나를 알아줘. 나를 이해해줘. 함께 바보짓을 하거나, 즐거울 때에는 같이 신이 나고, 괴로울 때는 묵묵히 곁에 있어주는 그런 사람…… 그게 내가 꿈꾸는 친구라는 거니까."

"……그게, 친구?"

그렇게 처음으로 마법을 목격한 것 같은 표정으로 중얼거리셔도. 자신이 없어지잖아!

"그, 그래 맞아. 나도 지금까지 가져본 적은 없지만. 그래도 마이랑은 그런 친구가 되고 싶다고 생각하고 있어."

"과연, 그렇군. **그런 관계**는 확실히 멋지구나."

마이의 동의를 얻자 나는 한층 더 흥이 올랐다.

"그치~? 역시 그렇다니깐. 친구가 최고!"

그렇게 외친 직후였다. 마이가 내 귀를 손으로 쓰다듬었다.

"······후엥?!"

반사적으로 허리가 움찔하고 튀어 올랐다. 불시의 기습이다!

"분명 나는 너와 **그런 관계**가 되고 싶어. 하지만 나보고 말해보라고 한다면, 나는 그 관계를 『연인』이라고 부르지."

"뭐······ 뭐어?!"

"나는 너를 누구보다 잘 이해하겠어. 함께 바보 같은 대화에 신이 나거나, 즐거워하고······ 물론 괴로울 때는 언제나 가까이 있어. 너의 손을 잡고서 그 어깨를 감싸 안아 줄게. 뭔가 차이가 있나?"

나를 내려다보는 마이의 눈동자가 너무나도 진지해서 나는 숨을 삼켰다.

"그, 그거야 엄청 있지! 그야, 왜냐하면······ 친구랑 연인은······."

반론하려고 했지만 말이 나오지 않았다.

지금까지 계속 마이와 뭔가 서로 엇갈리고 있다는 생각을 했었다. 그 이유를 드디어 알 수 있었다.

127

우리들은 처음부터 **같은 지점을 바라보고 있었던 것이다.**

뭘까, 뭘까 이 감정…… 어, 나는 지금 기쁜 건가? 왜냐하면 마이도 나와 똑같은 마음을 품고 있었으니까. 그건 내가 꿈꾸던 이상적인 상황이었지만, 마이는 그걸 『연인』이라고 부르고 있었다…… 오히려 치명적일 정도로 차이가 난다는 느낌도 들어!

패닉에 빠져 있는 동안에 마이는 내 손에 손을 겹쳤다.

"물론 친구와 연인 사이엔 큰 차이점도 있겠지만."

"뭐, 뭔데 그게? 아냐 싫어, 듣고 싶지 않아! 으음, 슬슬 현기증이 나기 시작했다! 머리만 감고 그만 나갈까나—!"

"그렇군. 나도 머리를 감아볼까. 아직도 비에 젖은 채였으니까 말이야."

내 눈앞에서 마이는 딸깍, 소리와 함께 머리핀으로 묶어놓고 있던 머리를 풀었다. 부드럽게 흘러내리는 금발이 내 뺨을 간지럽혔다.

이건, 설마.

"당연히 머리를 감으려면 이럴 수밖에 없겠지?"

목소리에 달콤한 색이 번져 나왔다. 연인모드다!

"엣, 잠깐, 뭘 갑자기 흥분하는 거야?! 거기다 그건 너무 치사하지 않아?!"

"무슨 말인지 모르겠네. 나는 그저 머리를 감으려고 했을 뿐인걸."

"그럼 내 턱에 다가온 손은 뭐야! 어째서 내가 도망 못 가게 막는 건데?! 앗, 잠깐, 만, 만지는 건 안 된다고!"

마이가 자신의 큰 키에서 나오는 파워를 발휘해 내 명치를 단단히 누르고 있었다. 급소잖아!

"그야 모처럼 이렇게 귀여운 연인과 함께 목욕하고 있으니. 머리를 감겨주고 싶다는 기특한 마음을 품게 되는 건 당연하지 않을까?"

"역시 연인모드였잖아! 대체 뭔데?! 오늘 하루는 친구 아니었어?! 머리 스타일에 인격이 조종당하고 있는 거야?!"

"하핫, 레나코는 귀엽게 우는 강아지 같구나."

마이는 내 턱을 살짝 들어 올렸다. 그 자연스러운 동작이 너무나도 잘 어울렸다.

대체 뭐가 마이의 마음에 불을 지폈는지는 모르겠지만 이 녀석은 진심이다.

"마, 마이."

고압적인 눈으로 그렇게 정면에서 바라보면 반사적으로 영혼까지 굴복해버릴 것만 같아!

"좋아, 알겠어, 마이. 대화를 하자, 일단 대화를 해보자, 대화……."

거듭 마이를 타이르면서 뒤로 밀어내려고 했지만, 마이는 꿈쩍도 하지 않았다.

마이의 입술이 작게 열리면서, 그 안의 핑크빛 혀가 보일락 말락 드러났다.

"……레나코에게는 말로 전해봤자 믿어주지 않을 거잖아?"

"미, 믿을게! 이번에는 정말로 믿을 테니까──."

내 말은 마지막까지 이어지지 못했다.

거리를 좁혀 들어온 마이의 입술이 내 입술 위에 덧씌워졌다.

미풍과도 같은 한순간의 감촉.

눈을 크게 떴다.

마이의 얼굴이 내 눈앞을 가득 메웠다가 다시 멀어져갔다.

"자, 잠, 잠, 잠……."

입술에서 시작된 저릿한 감촉이 온몸에 퍼져나가며 몸이 떨려왔다. 나는 지금 분명 얼굴을 새빨갛게 물들인 채로 입만 뻐끔거리고 있겠지.

"처, 첫 키스!"

마이는 감개가 무량하다는 표정으로 입가를 손으로 쓸면서.

"나도다. 운명의 상대와 입술을 겹친다는 건 정말, 정말로 좋은 거구나."

"입술뿐만이 아니라 여기저기가 겹치고 있는데요!"

욕조와 마이 사이에 꼭 끼어있는 중이라, 우리 둘의 가슴이 맞닿아서 형태를 일그러뜨리고 있었다. 아니, 지금 그게 문제가 아니라!

"퍼, 퍼스트 키스가 같은 여자애라니…… 나도 마침내 그쪽 길로……."

"신경 쓸 필요 없어. 요즘 같은 시대에 여자끼리의 연애도 일반적인 시대가 됐으니까."

"정말로?! 자기가 세상의 중심이라고 생각하고 있어서 그런 거 아니야?!"

새하얀 도화지에 검은색 잉크를 한 방울 떨어트린 결과, 그건 이제 더 이상 새하얗다고 부를 수 없게 되었다는 기분에 휩싸여서 마이를 다그쳤다.

"으으으, 만족했으면 이제 괜찮겠지……."

마이의 눈에는 여전히 욕망의 파편이 넘실거리고 있었다.

"만족하지 못했어?!"

"나는 스스로를 좀 더 이성적인 인간이라고 생각하고 있었는데…… 너의 입술은 마치 금단의 과실 같구나."

"에, 에잇, 적당히 좀!"

나는 완전히 발정해버린 마이가 제정신을 차리도록 어떻게든 떨궈 내려고 했지만, 그 틈에 마이는 내 다리 사이에 자기 다리를 끼워 넣었다.

이 자세는 아, 안 된다고!

마이의 다리가 닿고 있어! 이렇고 저런 부분에! 그래선 안 되는 부분에!

거기에 정신이 팔린 틈을 타서 또다시 입술을 빼앗겼다.

두 번째 키스라서 그런가, 마이의 마시멜로 같은 입술의 촉촉하고 보드라운 감촉이 직접적으로 전해져왔다.

"웃, 으웃, 으으으웃!"

점점 몸에서 힘이 빠져나간다. 입술로부터 내 안의 모든 것이 마이의 색으로 물들여지는 것만 같았다.

이대로 간다면 연인이 되면 하고 싶은 리스트에 적힌 목록들을 순서대로 당하게 될 거야!

안 돼! 이렇게 되면…….

──그걸 할 수밖에 없어!

마이의 등 뒤로 팔을 감았다. 마치 마이를 끌어안고서 몸도 마음도 전부 받아들이려는 그런 자세였지만…… 그게 아니다.

잠시 동안 입술을 겹친 후에, 마이는 이상하다는 듯이 고개를 들었다.

"……레나코?"

이미 몸 안까지 달콤하게 녹아내린 나는, 눈물을 매달고서 모기만 한 목소리를 짜냈다.

"노, 노카운트니까."

마이는 눈을 끔뻑이며.

"뭐라고?"

욕실을 가득 메우고 있는 따뜻한 김과 마이의 향기. 두 번 다시는 잊을 수 없게 만들어주겠다는 듯이 내 입술에 감촉을 새기고 있는 마이의 눈처럼 새하얀 피부에 감싸인 채, 나는 에헤헤, 하고 잔뜩 굳어있는 웃음을 지었다.

그건 결코 패배를 인정하지 않으려는 억지도, 강한 척하는 고집도 아니었다.

"왜냐하면『친구』니까……."

"너는 이런 상황까지 와서 아직도 그런 소리를."

그때 마이도 알아챘다.

내가 팔목에 매고 있던 헤어밴드로 마이의 옆머리를 묶어서 사이드 테일로 만들었다는 사실을.

이걸로 그녀는 머리를 묶은 상태. 다시 말해, 친구니까──.

"친구끼리 장난삼아 키스해봤다는 이야기도 가끔씩 들어본 적 있으니까…… 이걸로 노카운트, 노카운트지?"

마이의 눈동자가 나를 뚫어져라 응시하고 있었다.

"과연 그렇군."

"응, 그러니까, 그렇게 됐으니까──."

능숙하게 빠져나왔다! 나도 제법이잖아!

내가 발휘한 기지가 만족스러워서 혼자 고개를 끄덕이고 있었을 때, 깨달았다.

마이의 눈은 남자들이 우리들 그룹을 바라볼 때 담겨있을 법한 정욕으로 번들거리고 있었다.

──아, 큰일 났을지도.

어쩐지 모르게 옥상에서 떨어졌을 때가 떠올랐다.

이거, 죽는 거 아냐? 싶은.

그 직후 마이는 세 번째 입맞춤을 해왔다.

그건 앞선 키스와는 전혀 달랐다. 뜨겁고도 매끈거리는 무언가가 내 입술을 비집고 들어와서──.

"웃, 으웃?!"

뭐, 뭐야 이거?! 혀?!

거짓말, 거짓말거짓말. 마이의 혀가 내 입 안을 난폭하게 헤집고 있는데요!

"으으으으으으웁?!"

소문으로는 들어봤다. 이런 식의 키스도 있다고.

마이의 혀가 내 혀와 질척하게 얽히기도 하고, 입 속을 빈틈없이 훑으며 유린하기도 하면서! 우와아아아아!

절대로 이걸 농담으로 넘기지 않겠다는 집념마저 느껴지는 마이의 격렬한 키스!

강하고, 날카롭고, 화상을 입을 정도로 정열적이었고, 내 안을 엉망진창으로 만들려고 미쳐 날뛰는 폭풍이었다.

위험해. 나 죽어.

마이에게 매달려서 필사적으로 폭풍을 견뎠다. 끝날 때쯤, 내 뺨은 영문도 알 수 없이 눈물로 젖어있었다.

"하아, 하아……."

천천히 마이가 나에게서 떨어졌다. 우리 둘의 입술 사이에 점성을 띤 실이 다리를 이루었다. 야하다.

뭍으로 끌려 나온 물고기처럼 온몸을 꼼짝도 할 수 없었다. 욕조에 등을 기댄 채로 축 늘어져서 아으…… 하고 의미를 가지지 못한 신음 소리만 울렸다.

어른의 키스는 너무나도 충격적이었다…….

욕조에 축 늘어져서 잠겨있는 나에 비해, 마이는 자신의 입가를 훑으면서 눈을 가늘게 뜨고서는 따뜻한 물줄기 같은 목소리로 나에게 말했다.

"친구끼리의 키스니까, 노카운트구나."

웃음조차 나오지 않았다.

"노, 노카운트네요……."

눈과 눈이 마주쳤다. 내 퍼스트 키스를 실컷 맛본 나신의 여성이, 이번에는 내 뺨에 부드럽게 손을 올렸다.

마치 아기새에게 먹이를 건네주는 것처럼 상냥하게 키스했다.

"사랑하고 있어. 레나코."

방금 전에 멋대로 했던 키스보다도 훨씬 더 그 말이 가슴을 울렸다.

"친구 사이에, 무슨, 소리를 하는 거야…………."

강제적인 키스를 비난하는 것도, 당연히 그에 감사를 표하는 것조차 하지 못하고, 그저 갈라진 목소리로 대답하는 게 고작이었다.

아아, 이제는 완전히 넘어서는 안 될 선을 넘어버리고 말았네. 이래서야…….

그 뒤, 다 마른 옷으로 갈아입은 우리들은 호텔에서 나왔다. 하늘은 거짓말처럼 푸르게 개어있어서 마이가『비가 왔으면 좋겠다고 바랄 때는 비가 내리고, 맑았으면 좋겠다고 생각할 때는 날이 갠다』라고 말했던 걸 떠올리고 있었다.

돌아가는 길, 평소처럼 행동하는 마이와, 계속 가슴이 괴로워서 말문이 막히고 마는 내가 대조를 이뤘다.

나는 좀 더 게임에 대한 감상이나, 별거 아닌 잡담 같은 걸 나누고 싶었는데.

"그나저나 억지로는 하지 않는다고 당당하게 말했던 주제에."

"일주일 전이었다면 확실히 억지로 한 거였을지도 모르겠네.

하지만 이번에는 꼭 그렇지만도 않았지?"

"……그렇지 않거든……!"

헤어질 때가 되어서야, 겨우 짜낼 수 있었던 말이 그 정도.

……역시 싫다.

친구로서 정말로 즐겁게 VR을 했던 일조차도 전부 덧씌워져 버리고 말이야. 결국 모든 게 키스의 덤처럼 변했다.

나는 즐거웠던 시간이 이대로 계속 된다면 충분하다고 생각했는데.

한층 더 분한 건, 정말로 분했던 건…… 끝나고 나니까 나도 어쩐지 아주 특별한 하루를 보냈다는 기분이 들었다는 점이다.

이래서야 전부, 마이의 손바닥 위다.

아아, 정말이지.

말로서 형태를 맺지 못하는 가슴속의 답답함을 어떻게 해야 좋을까. 이런 기분을 맛볼 거라면 단연코 연인보다 친구인 쪽이 훨씬 나아!

그 두 가지가 똑같다니, 절대로 있을 수 없어!

나는 그렇게 확신을 굳혔다…….

그날은 두근거리는 가슴 탓에 잠들지 못하는 밤을 지새웠다.

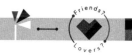

나는 6월도 앞으로 2주 남았구나, 하고 생각했다.

퍼스트 키스가 사람에게 선사하는 충격은 사람마다 천차만별이다.

예를 들면, 키스했다고 해봤자 그런 건 피부와 피부의 접촉일 뿐이라고밖에 생각하지 않는 사람도 있겠고. (물론 저도 이런 타입입니다!)

그 키스 하나로 인생이 바뀌어버리는 일도 있을 수 있겠지.

하지만 이 현대 일본에서 키스는 고작해야 키스다. 그런 걸로 언제까지고 계속 질질 끌고 있어서야 빠르게 흘러가는 일상의 속도에 뒤처지고 만다는 뜻이다.

빠르게 머릿속에서 지우기로 했다. 왜냐하면 친구끼리의 키스는 노카운트라고 주장한 건 나였으니까.

마이의 얼굴을 볼 때마다 가슴이 두근거리거나, 그때 입술에 닿았던 점막의 뜨거움이 떠올라서 가슴이 쿡쿡 쑤셨지만 분명 그냥 기분 탓일 거다. 그럴 거다.

그러니까.

"너무 쳐다보잖아."

"응?"

쉬는 시간. 사츠키 양이 지나가듯이 문득 그런 말을 흘렸을 때, 나는 깜짝 놀랐다. 지금 나한테 말했나?

"너, 쟤한테 무슨 짓이라도 당했어? 혼이 빠져나간 눈을 하고 있었는데."

"그게."

사츠키 양의 시선 끝에는 완벽초인 마이의 모습이 있었다.

"따, 딱히 별건 아니고. 오늘도 화려하구나~ 싶은 정도."

오늘 오후에 마이는 일주일 정도 프랑스에 다녀온다. 반에선 다들 그 화제로 떠들썩했다. 다들 우르르 마이를 둘러싸고서 즐거워 보였다.

그 무리의 중심에 있는 마이도 몸짓 손짓을 섞어가며, 오늘도 백만 불짜리 미소를 무료로 배포하고 있었다.

숨만 쉬고 있어도 그림이 되는 여자. 그것이 바로 오우즈카 마이. 외모가 몹시도 예쁘다든가, 몸짓 하나하나가 아름답다든가, 그런 레벨의 문제가 아니다. 사람의 눈을 한눈에 끌어당기는 그 인자의 정체는, 때때로 『타고난 자』라고 불리겠지.

으으…… 또 입술을 쳐다보고 말았다. 그런 식으로 자기반성에 빠져있자니, 갑자기 사츠키 양이.

"아마오리. 인류 전체가 오우즈카 마이가 된다면 좋을 텐데, 그렇게 생각해 본 적 있어?"

"없는데요?!"

갑자기 엄청난 말을 하니까 나도 모르게 소리를 질러버렸다. 대체 화제 전환이 뭐가 이렇담. 사츠키 양은 소란스러운 걸 싫어하기 때문에, 아니나 다를까 얼굴을 찌푸리고 말았다.

"앗, 미안……."

"아냐, 괜찮아. 그보다…… 너무 풀 죽었잖아."

내 실수에 고개를 푹 수그렸더니, 그것도 지적당하고 말았다. 사츠키 양은 남한테도 자신한테도 엄격해서 단둘이서 대화를 나눌 때면 꽤나 긴장하게 된다.

"사츠키 양은 있었어? 인류가 모두 오우즈카 양처럼 된다면 좋겠다고 생각했던 적."

"정확히 말하면 그런 생각을 자주 하지."

그런 적이 있구나……. 엄청나다.

"사츠키 양은 오우즈카 양이랑 옛날부터 친구였지."

"뭐, 그렇지. 저 슈퍼달링과 조금 더 늦게 알고 지낼 수 있었다면, 지금보다는 더 밝은 성격이 될 수 있었을 거라고 생각하지만."

뭐라고 답해야 할지 알 수 없어서 가만히 있었더니 사츠키 양은 그대로 이야기를 이어갔다.

"친구라기보다는…… 썩은 인연? 가장 가까이 붙어있어야 저 녀석의 분해하는 표정을 볼 수 있으니까. 그래서 같이 다닌다는 점은 있지."

"어? 정말로 그런 이유로?"

사츠키 양을 상대로 안절부절못하고 있었더니, 마이가 반 친구들의 배웅을 받으며 출발할 시간이 되었다. 가방을 한 손에 든 그녀는, 출장을 떠나는 엘리트 샐러리맨처럼 당당하게 옆을 스쳐 지나갔다.

"그럼 다녀오겠어."

"아, 잘 다녀와.""그래그래."

우리들도 손을 흔들며 배웅했다. 나한테 특별히 눈길을 주지 않은 걸로 실망하지 마, 레나코. 너는 특별도 뭣도 아니야. 단순한 친구다. 실망하지 않았어!

거기서 문득 깨달았다.

"혹시 사츠키 양. 인류가 전원 오우즈카 양처럼 된다면 좋겠다고 생각했던 건, 그렇게 되면 오우즈카 양이 평균치가 돼서 억울해하는 표정을 볼 수 있기 때문에?"

"……어?"

사츠키 양은 살짝 놀란 표정이었다.

"아니, 나도 예전에 그런 생각을 했던 적이 있었을 뿐이라……."

"아마오리, 너."

"으, 응?"

이름을 불리면 깜짝깜짝 놀란다. 마이가 지나치게 뛰어날 뿐이지, 사츠키 양도 마찬가지로 우리 학년의 대표적인 미인이다. 그런 사츠키 양이 가는 눈초리를 한층 더 좁혔다.

"어쩐지 최근 들어 변했네. 오우즈카 마이랑 뭔가 있었어?"

"요전번에 카호 짱도 그런 말을 했지만…… 저기……."

응, 키스했어!

……라고 말할 수 있을 리가. (당연한 소리)

"으, 응. 뭐 조금……."

머리를 매만지면서 시선을 피해도, 사츠키 양은 봐주지 않고서.

"……걔한테 반한 거야? 나로선 관두는 편이 좋을 거라고 말해둘게."

"아냐! 아냐아냐! 아냐! 무리!"

내가 반한 게 아니야. 저 녀석이 나한테 반해서 곤란한 참이라고요!

"카호는 쟤한테 고백한 적 있다나 봐. 입학 직후에."

"리얼?!"

충격의 사실에 눈을 번쩍 뜨고 있었을 때, 스마트폰으로 메시지가 왔다.

으엑, 마이한테서 왔다.

『당분간 만날 수 없게 되어서 쓸쓸해. 잠시만 옥상에서 둘이 있지 않겠어?』

으…….

손 안의 커다란 화면을 뚫어져라 쳐다보고 있었더니.

"오우즈카 마이?"

이 사람, 남의 시야를 훔쳐볼 수 있는 건가?

"뭐?! 아니, 어떨까요, 잘 모르겠습니다! 하느님일지도!"

"……너, 이렇게나 재미있는 애였던가."

"앗. 대화하던 도중이지만 잠깐 화장실 좀 다녀올게!"

"어머 그래. 잘됐네, 그러면 나도."

"어째서?!"

"그야 나도 화장실에 가고 싶으니까…….

곤란한 듯이 눈썹을 찡그리는 표정이 너무나도 잘 어울리는 사츠키 양. 하지만 만약 그 표정조차도 연기고, 나랑 마이의 관계를 눈치채고 있는 건 아닐까……?

"아, 어쩐지 괜찮아졌어! 화장실에 가고 싶지 않아졌어! 여기서 기다릴게!"

"그래……? 나는 가고 싶으니까 갔다 오겠지만……."

무진장 수상쩍다는 눈초리를 받으면서도, 나는 어떻게든 기지를 발휘해 사츠키 양을 따돌리는 데 성공했다. 후우, 마침내 해냈다. 어라? 그런데 설마 사츠키 양은 정말로 화장실에 가고 싶었을 뿐이었던 건…….

아니 그보다 어째서 마이랑 만나기 위해서 내가 이렇게까지 필사적인지도 모르겠는데…… 어쨌든 서둘러 옥상으로 향했다.

오늘의 마이는 어느 쪽일까…… 머리를 묶고 있었으면 좋겠네…….

옥상 문을 열었더니 갑작스레 밀려오는 바람에 나도 모르게 얼굴을 막았다.

쏟아지는 역광 속에 사람의 그림자가 보였다. 그녀는 금발을 나부끼면서 우아하게 펜스에 기대서 있었다.

처음으로 옥상에서 만났을 때와는 정반대의 상황이지만, 내가 아니라 오우즈카 마이라면 저만큼이나 멋진 그림이 되는구나 싶었다.

"아아, 와줬구나, 레나코."

나를 향해 돌아보는 그녀가 태양빛을 받아 아름답게 반짝이는 모습을 넋을 잃고 바라보다가, 헉 하고 정신을 차렸다.

"머리, 풀고 있잖아!"

"그래, 어쩐지 바람이 기분 좋아서 말이야."

"그럴싸한 이유까지 달아서!"

나는 등 뒤로 문을 닫고서, 그대로 문에 등을 기댔다.

"대, 대화만 할 거니까! 둘이서만 있다고 해서 착각하지 말아 주세요!"

"그렇게 겁먹고 있으니 더 끌리는구나."

"히익."

"농담이야, 농담."

마이는 빙긋 웃었지만, 나는 1mm도 웃을 수 없었다.

마이가 가까이 다가왔다. 나는 양손을 앞으로 쭉 내밀었다.

"자, 잠깐! 여기는 학교니까 말이지?! 엉큼한 짓을 한다면 신성한 배움의 터를 더럽히게 되는 거니까! 그런 짓은 절대 안 되니까!"

"한마디로 신성한 행위라면 괜찮다고?"

"『행위』가 안 돼!"

하지만 마이는 눈 깜짝할 사이에 거리를 좁혀들고서 내 손목을 붙잡았다.

눈앞에서 마이가 푸른 상공보다도 반짝이는 미소를 짓고 있었다.

"아, 안 된다니깐……."

"어째서지?"

그 눈동자가 나를 향할 때면 거짓말을 할 수 없었다.

"그야……. 계속해서 너만 떠올리게 되니까."

143

6월 하늘의 햇살보다도 마이의 시선이 훨씬 더 뜨거웠다.

"나는, 너를 좋아해."

"나, 나도 좋아한다고요…… 친구로서……."

마이의 손바닥이 내 옆의 벽을 때렸다. 히익.

눈을 마주칠 수 없어.

"마이…… 비행기 시간, 다가오잖아……."

"우리 운전수는 우수해. 걱정하지 않아도 돼. 그것보다도 지금은 너와의 시간을 음미하고 싶어."

"우으으으……."

마이의 얼굴이 가까이 다가왔다. 비스듬히 밑에서부터 문지르는 게 마치 장난치는 대형견 같았다.

간지러웠지만…… 마냥 그뿐만이 아니었던 건, 분명 마이가 나를 향해 특별한 감정을 쏟아내고 있기 때문이겠지.

"고, 고작해야 일주일이잖아……."

"예전이었다면 그렇게 생각했겠지. 하지만 지금은 학교가 끝나고서 너와 만나지 못하는 시간조차도 터무니없이 길다고 느끼고 있어. 무엇보다도 한창 승부 도중이기도 하고 말이지."

"나, 나도 친한 친구와 만날 수 없는 건 쓸쓸하니까! 저기, 그러니까 조금 떨어져, 비켜줘, 저리 좀 가! 휘이, 휘이!"

단호하게 명령해도 이 똥강아지는 도무지 말을 듣지 않는다.

"그렇구나, 너도 같은 마음이었던 건가. 후후, 레나코의 향기가나."

"이 바보야!"

애를 쓰며 마이의 머리를 밀어냈다. 전력을 다하고 있는데 마이는 꿈쩍도 안 해!

"너, 왜 이렇게 강하냐고……."

"사랑의 힘이려나."

"근육이겠지!"

귀를 살짝 깨물렸다. 힉. 온몸에서 힘이 빠졌다.

"바, 반칙……!"

"귀엽구나, 레나코. 아아, 어떻게 이렇게나 사랑스러울까. 저기, 학교를 졸업하면 결혼하지 않겠어? 함께 살자. 돈은 내가 내겠어."

"프러포즈?! 지금 이 타이밍에서?!"

나도 모르게 번쩍 고개를 들어버렸고, 그대로 입술을 빼앗겼다.

으읍. 입으로부터 흘러들어오는 마이의 감정과 따뜻한 체온. 이제 어찌 되든 좋아질 것만 같은데…….

타악, 하고 마이를 힘껏 밀쳐내고서 입가를 닦아 냈다.

"그, 그러니까 학교에선 안 한다고 말했잖아!"

"음, 그랬었지……. 오늘만큼은 스마트하게 물러나려고 생각했는데."

마이도 의외였다는 것처럼 입 주위를 만지작거렸다.

"저번에 너와 처음으로 입맞춤을 나눈 뒤로, 어쩐지 이상해진 것만 같아."

마이의 얼굴은 새빨개져 있었다.

그 슈퍼달링이 어쩔 줄 모르며 부끄러워하고 있다니, 나까지 쑥스러워진다.

"하루 종일, 언제나 너를 느끼고 싶어져."

가슴에 손을 올리고서 조용히 고개를 떨어뜨리는 마이. 살며시 숙인 속눈썹이 바람에 흔들리며 반짝이고 있었다.

……키스를 경계로 상대를 강하게 의식하게 됐던 건 나뿐만이 아니었던 모양이다.

아니, 오히려 나보다 마이가 훨씬 다이렉트하게 감정을 느끼고 있다는 생각조차 들었다.

이래서야 마이는 더욱더 나를 좋아하게 되는 거잖아!

"나, 나는 지지 않을 테니까! 너 따위한테!"

마이의 품에 꼭 끌어안기면서도 힘껏 선언했다.

"친구 쪽이 분명 훨씬 더 좋으니까!"

머리를 상냥하게 쓰다듬는 마이.

"그러면 다녀올게. 쓸쓸하지만 참겠어."

"이제 그냥 가버려, 얼른 빨리 가버리라고."

마지막으로 한 번 더 강하게 포옹하고 나서야, 마이는 싱긋 웃으며 떠나갔다.

수업 종이 울렸다. 이래서야 지각할 텐데.

나는 그 자리에서 벽에 몸을 기댄 채, 몸을 끌어안았다.

"으…… 마이의 향기가 나……."

신음하듯이 말하고 나서 양손에 얼굴을 묻었다.

아 정말이지, 떠나간 자리의 잔향을 맡고 있다니. 완전히 사랑에 빠진 소녀 같잖아!

"마이에 대해선 잊자! 나는 내 학교생활을 즐기는 거야! 그런…… 그런 억지스럽고 자기 멋대로 행동하는 녀석 따위 알 바 아니니까!"

혼자서 옥상에서 외쳐보기는 했지만, 그런 행동조차도 마치 연인에게 토라진 사람의 대사처럼 들렸다는 게 정말 뼈아팠다.

그날 밤. 아빠와 엄마, 그리고 여동생과 함께 저녁 식사를 하던 도중이었다.

TV에서 오우즈카 마이가 나오고 있었다.

뉴스 안의 작은 코너였지만, 파리 패션쇼에 나온 일본인 모델들을 다루는 특집인 모양이라, 런웨이를 걷고 있는 마이의 모습이 당당하게 화면 속에 비치고 있었다.

나랑 엄마는 한 목소리로 『오─……』하고 감탄의 한숨을 흘렸다.

"저기, 여기 봐 아빠. 이 애가 저번에 우리 집에 놀러 왔었어─."

"어……? 정말로?"

"응. 내 친구야─."

자랑스럽게 말했더니 옆에 앉아 있던 여동생이 반쯤 뜬 눈으로 차가운 시선을 던졌다.

"언니……. 허풍이면 또 몰라, 아예 거짓말을 하다니, 그건 좀……. 자꾸 그러면 이제 언니가 아니라 『어이』라든가 『너』라고 부르게 될 거야."

"아니 진짜라니깐!"

테이블 위에 산더미처럼 쌓인 닭튀김을 접시에 옮겨 담으며 고개를 절레절레 젓는 여동생을 향해 버럭 외쳤다.

"나는 학교에선 언제나 마이랑 함께 있다고!"

"거기 너, 거기 마요네즈 좀 집어줘."

"벌써 호칭을 바꿨어?! 엄마 얘 좀 봐!"

엄마는 뺨에 손을 대고서 TV를 응시하고 있었다.

"……으응, 역시 아무리 생각해봐도 우리 집에 놀러 왔었다니 말이 안 되겠네."

"엄마?! 그 심정도 이해야 하지만, 실제로 있었던 사실까지 왜 곡하지 말아 줄래?!"

내가 아무리 소리쳐본들 가족들은 어디서 바람이 부냐는 듯이 그저 오늘 저녁밥이 참 맛있다며 담소를 나누고 있었다. 납득이 안 가…….

……아니, 어쩔 수 없는 건가?

멍하니 TV를 응시했다. 화면 속에 비치는 마이는 너무나도 아름다운 모델이라, 나 같은 애랑 접점이 있다고는 생각하기 힘들 정도였다.

중학교 시절의 나였다면 같은 반이었다고 해도 말조차 걸어볼 수 없었겠지. 고등학교 데뷔가 목적이었다고는 해도, 잘도 그런 용기를 냈구나…….

옥상에서 떨어지기도 하고, 호텔 수영장에 가거나, 둘이서 함께 목욕을 하거나. 모든 게 다 꿈은 아니었을까. 그런 생각이 들

정도로 화면 속 마이는 멀고도 고귀한 존재였다.

아니, 그런데 우리 집에 놀러 왔다 수준이 아니라 나는 재한테 입술을 빼앗겼단 말이지…….

속으로 중얼거려봤지만 이것도 마찬가지로 내 망상이었다면 어쩌지.

"너, 왜 그래? 식욕이 없어?"

"어머 너, 그랬니? 오늘은 닭튀김이 잘 튀겨졌다고 생각했는데."

"엄마랑 아빠까지?! 아니 엄마는 같이 만났잖아!!"

* * *

마이가 없는 학교는, 평범함 그 자체인 극히 일반적인 공립 고등학교의 모습으로 돌아왔다는 느낌이었다. 뭐, 평소에도 그럭저럭 편차치가 좋을 뿐, 평범한 학교였지만 말이야.

뭔가가 달라졌다는 뜻은 아니지만 형광등의 밝기가 한 단계 줄어든 것만 같았다.

쉬는 시간. 창가 자리에 앉아서 멍하니 비가 내리는 하늘을 올려다보았다.

앞자리에서 나와 마찬가지로 손에 턱을 괴고서 창밖을 바라보는 아지사이 양도, 여전히 아름다웠지만 어쩐지 기운이 없었다.

"왠지 졸음이 찾아오네. 마이 짱이 없어서 그런 걸까나."

"그러네―. 장마고 말이지―."

비가 내리는 풍경을 응시하고 있어도, 오다이바에서 데이트 한

다음에 키스까지 이어졌던 그날의 기억이 떠올라버려서, 크게 한숨을 내쉬었다. 어디에 눈길을 둬도 도망칠 곳이 없다.

"오늘은 어떻게 되는 걸까, 마이 짱이 없으니까 카호 짱도 기운이 없어 보이고."

"아―. 그러네―……."

"사츠키 짱 같은 경우엔, 지금 이때 공부해서 격차를 벌려주겠다고 의지를 불태우고 있고."

"하하…… 그럴싸하네."

그렇다면 분명히 아지사이 양도 다른 그룹에서 귀빈으로 모셔가게 되겠지.

마이가 출장 중인 동안에는 오랜만에 외톨이의 기분을 맛보게 될 모양이다……. 배가 아파오기 시작했다.

다 같이 함께 있으면 피곤하다고 하는 주제에, 나만 따돌려지는 건 싫다니 어찌 이리도 약한지!

그래, 나는 마이가 없더라도 얼마든지 잘해낼 수 있다는 모습을 보여줘야지……. 이대로는 평생 동안 그 여자의 농간에 놀아나게 될 거야.

"저, 저기 말이지, 아지사이 양."

"응, 왜 그래?"

"오늘 한가하다면, 만약에 괜찮다면, 가, 같이 어디 들렀다 가지 않을래?"

삐걱거리는 딱딱한 웃음을 지었다.

분명 바쁘다면서 거절당할 게 분명하겠지만, 그래도 내가 나서서 행동했다는 사실이 필요한 거야! 마이의 주박에서 벗어나기 위해서!

"응, 좋아~."

"어?!"

화들짝 놀라 눈을 크게 떴다. 말도 안 돼, 이렇게 선뜻…….

어? 함정인가? 이건 함정인 거 아냐?

소통 능력이 절망적인 사람들은 눈치챌 수 없는 함정 문제인가?

하지만 아지사이 양의 순수한 눈은 귀여운 수줍음을 드러내면서도 기대로 가득 차 있었다.

"레나 짱과 단둘이서 놀러 가는 건 처음이네. 레나 짱이 먼저 권해주는 건 드문 일이구나."

"아니, 저기, 그게……. 아지사이 양은 나로선 너무 황공해서 말을 걸기 어렵다고 해야 하나, 천사 같아서……."

"아하하, 뭐야 그게. 지금도 평범하게 대화하고 있잖아~."

아지사이 양은 기본적으로는 남이 권유해주는 걸 기다리는 수동적인 스타일. 아니 정확히는 아지사이 양 앞에 약속을 잡으려는 줄이 장사진을 이루고 있어서 나한테까지 순서가 돌아오는 일이 거의 없다. 그런데 이렇게 갑작스레 그 줄을 무시하고서 아지사이 양의 손을 잡을 수 있다니, 난 대체 언제 프리패스 권을 손에 넣은 거지?

"뭐야 이 초VIP 대우!"

"VIP?"

"아니, 그게 아지사이 양은 여러 사람들한테서 같이 놀자는 권유를 받다 보니, 언제나 바빠 보이니까."

"어어? 전혀 그렇지 않아~ 다들 친절하게 권하면서 함께 데려가 주셨을 뿐이야. 그래서 오늘은 초대해줘서 정말 고맙습니다."

머리카락을 귀 뒤로 넘기면서 정중하게 고개를 숙이는 아지사이 양의 미소에 정화되는 기분이었다.

"저야말로! 부디 꼭 동행하게 해주세요!"

그렇게 학교가 끝나고서 아지사이 양과 같이 놀러 가게 되었다.

물론 이건 바람피우는 게 아니다.

애초에 친구 사이에 바람이라니 무슨 소리야?! 의미를 모르겠네!

방과 후. 『아지사이 양과 함께 놀러 간다고—』라면서 잔뜩 들떠 있었더니 마지막 HR이 끝나자마자 같은 반 여자애들이 말을 걸어왔다.

"저, 저기~ 아마오리 양. 오늘 같이 귀가하지 않을래요?"

"어?"

깜짝 놀라고 있었더니, 또 다른 한 명이.

"그게, 가끔은 우리들이랑 어떠세요! 수수한 여자애들 그룹이지요! 우리들도 귀여운 여자애와 함께 어울리고 싶은 날이 있으니까요!"

"뭐어어?! 귀, 귀엽다니."

어른스러운 하세가와 양과 활발한 히라노 양이다. 확실히 미술

부랑 문예부였던가.

자리가 가까워서 가끔씩 말을 주고받을 때는 있었지만, 뭐, 뭐 어어?

"지, 지금 귀엽다고 했어? 그거 나, 나한테 한 말이야?"

"어, 당연하고말고요! 아마오리 양, 정말로 귀엽잖아요! 피부도 예쁘고, 살결도 고운 데다, 미소도 반짝반짝 빛나고요! 세상에서 제일 귀여운 거 아닐까요?!"

"거기다 아마오리 양, 어쩐지 대화하기 편하단 말이지~ 상류 계급 특유의 높은 문턱이 보이지 않아서."

"그, 그래?"

하세가와 양과 히라노 양한테 칭찬받아서, 잔뜩 치켜세워줘서, 춤추듯 뛰어오를 것만 같았다.

내용물은 엄청난 아싸지만 말이죠?!

으…… 그렇지만 오늘 나는 아지사이 양과 선약이 있다.

얼굴에 미소를 만들면서도, 남의 권유를 거절해야만 하는 상황에 대해서 타피오카를 두 잔쯤 마신 것만 같은 무거운 기분을 맛보며…….

나는 "그게~"라며 운을 뗐다.

그때.

"레나 짱~ 돌아가자~."

만면에 웃음을 지으며 아지사이 양이 다가왔다.

"아, 응, 아지사이 양. 지금 잠깐…….”

그 직후였다. 내 옆에 나란히 선 아지사이 양을 보자, 하세가와 양과 히라노 양이 멍하니 입을 벌린 채로 뺨을 붉게 물들이고 있었다.

"우와, 쩔어…… 눈 크다…… 얼굴 조그매……."

"히에엑…… 미소녀……. 가까이서 보니까 엄청나……."

어?!

두 사람은 그저 멍하니 아지사이 양한테 홀려있었다.

"?"

어라?! 방금 전에는 나보고 세상에서 제일 귀엽다고 말하지 않았어?!

"오우즈카 양이 없는 지금이 찬스라고 생각하고 있었습니다만…… 아무리 생각해도 무모한 짓이었네요……."

"완전히 우리들과는 사는 세계가 달라……. 미안 아마오리 양! 두 번 다시 말 걸지 않을 테니까! 안심해줘! 그럼 이만!"

"아앗."

손을 뻗어 봤지만, 그녀들은 허둥지둥 떠나가 버렸다.『상류 계급한테 말을 걸어 버렸다!』라는 태도를 감추려고 하지도 않고서!

아지사이 양은 "으응~?" 하고 고개를 갸웃거리며.

"무슨 일일까? 두 사람은 볼일이 있었던 거 아니었어?"

"응, 괜찮아…… 가자, 아지사이 양."

나는 새삼 아지사이 양을 다시 보았다.

어리둥절해하고 있는 그녀의 모습은 한 개에 몇백 엔쯤 하는 고급 마카롱과도 같이 부드러워서, 그야말로 나 같은 게 함부로 말을 걸어서는 안 되는 상대 아닐까…… 싶은 생각이 들었다.

"아지사이 양은 분명 깨물어보면 엄청 달콤할 거야……."

"엣, 뭐야 그게, 무서운 이야기?!"

그렇게 깜짝 놀라는 얼굴마저도 엄청나게 귀여웠다.

새로 나온 백화점 화장품을 보고 싶었기 때문에, 우리들은 신주쿠에 있는 백화점으로 놀러 갔다.

아지사이 양의 손에 이끌려서 화장품 플로어를 종횡무진 돌아다녔다. 주위에는 멋진 언니들뿐이라서 내가 올 장소가 아니라는 느낌이 물밀듯이 밀려왔다.

뭐, 뭐어, 나한테는 천사가 함께 있으니까 말이지! 부디 어리석은 저를 인도해주세요.

점찍어 뒀던 가게에 도착하기가 무섭게, 내가 오늘 학식은 우동을 먹을까 소바를 먹을까 고민하는 것만큼이나 진지한 모습으로 신제품 시리즈를 비교해보는 아지사이 양.

여름색 립스틱을 빔 샤벨처럼 양손에 무장하고 있는 아지사이 양이 나를 돌아보았다.

"이거랑 이거 중에 레나 짱은 어느 쪽이 좋아?"

데이트 중에 여자애가 남자애한테 애교부릴 때 하는 행동 같네. 약삭빠르구나! 그런데 아지사이 양이 하니까 엄청 자연스러워!

나는 싸구려 화장품밖에 써본 적이 없어서 좋다 나쁘다 정도밖에 모른다……

하지만 아지사이 양은 『어느 쪽이 잘 어울릴 것 같아?』가 아니라 『어느 쪽이 좋아?』라고 묻는 부분이 굉장하다고 생각해. 그렇게 물어주면 내가 좋아하는 쪽을 고르기만 하면 되는 거니까.

"어, 아니, 그게…… 그럼 핑크색 쪽……."

"정말? 나도 말이지~ 이쪽이 좋을지도 모르겠다고 생각했어~."

해냈다! 완벽한 정답! 마음속으로 승리 포즈를 취했다.

한껏 들떠있었을 때 문득, 하지만 아지사이 양이라면 내가 어느 쪽을 골랐어도 그렇게 말해줬을 거라는 느낌…… 그 생각이 들자마자 웃음이 싹 가시는 게, 나는 역시 뼛속까지 아싸야!

귀엽게 웃고 있는 아지사이 양은 점원분에게 부탁해서 시험 삼아 메이크업을 받는 모양이었다.

헤에— 백화점에서는 저런 서비스도 받을 수 있는 거구나. 몰랐어.

"모처럼이니까, 레나 짱도 한번 받아보자."

"네?!"

어버버하는 사이에 거울 앞에 앉혀졌다.

자, 잠깐, 나는 그렇게 예산이 많지 않은데?!

립스틱으로 메이크업을 받고 있는 아지사이 양을 곁눈질하면서, 내 곁으로도 정장차림의 예쁜 언니가 다가와서는 빙긋 미소를 지어주셨다.

아와와와.

"오늘은 어떻게 하시겠어요? 친구분과 똑같은 걸로 해볼까요?"

"엇, 아니, 그게…… 죄송합니다, 가지고 온 예산이 넉넉하지 않아서 저……."

그러자 언니는 쿡쿡 웃었다.

"그러면, 이렇게 하면 어떨까요. 신제품 샘플은 어때요? 무료 샘플을 드릴 테니까 마음에 드시면 나중에 또 놀러 와 주시는 걸로도 괜찮으니까요."

"죄, 죄송합니다, 수고를 끼쳐서⋯⋯."

"괜찮아, 괜찮아."

보석처럼 예쁜 립스틱을 손에 든 언니는, 접객 미소를 지으며 내 뺨에 손을 올렸다. 와, 와와와⋯⋯.

"너는 화장하는 거 좋아하니?"

"네? 그게, 어떠려나요⋯⋯. 언제나 동영상을 보면서 따라 하는 정도라서."

말실수를 해버렸다는 생각이 들었다. 언니가 기분이 상한 건 아닐까⋯⋯.

하지만 언니는 전혀 그렇지 않다고 말하는 것처럼 웃으며.

"후후, 그렇구나, 솔직하네. 그러면 앞으로 우리 가게 단골이 되어 줄지도 모르는 애구나. 열심히 귀엽게 꾸며줄게."

"아우아우아우."

의욕이 넘치는 언니의 장난감이 된 채, 나는 한참 후에 화장품 샘플을 잔뜩 건네받고 나서야 간신히 해방될 수 있었다.

옆자리에는 윤기가 흐르는 입술로 평소보다 살짝 어른스러운 미소를 짓고 있는 아지사이 양이 있었다.

"열심히 챙겨주셨네~."

"하하하⋯⋯ 잔뜩 서비스를 받아버렸어⋯⋯."

새로 나온 립스틱을 구매한 아지사이 양은 정면에서 나를 가만히 바라보았다. 그 반들반들한 입술에 나도 모르게 꿀꺽 침을 삼켰다.

"응. 레나 짱 엄청 귀여워!"

천사가 나를 향해 정말로 귀엽다고 힘주어 말해주니, 내 뺨이 확확 달아오르고 말았다.

"그, 그건 메이크업 솜씨가 좋았거나, 화장품이 좋아서 그런 거 아닐까나!"

"그 말은 레나 짱이 더욱 메이크 솜씨를 갈고닦아서, 직접 백화점 언니만큼이나 할 수 있게 되면 언제든 그렇게나 귀여워질 수 있다는 뜻?"

"아, 아냐아냐, 무리무리!"

허둥지둥 양손을 내저었다. 뺨이 뜨거워.

"그보다 아지사이 양이야말로 엄청나게 잘 어울려……. 그야말로 무적이잖아."

안 그래도 귀여운 아지사이 양이 한층 더 귀여워져서, 지상에 강림한 대천사 그 자체였다.

내가 극구 칭찬하자, 아지사이 양은 사랑스러운 웃음을 지었다.

"에헤헤, 그래?"

살짝 부끄러운 듯이 눈을 피하더니.

"쪽."

하고, 신작 립스틱을 바른 입술로 키스를 날렸다.

엣…… 귀, 귀여…….

심장이 멎는 줄 알았다.

바로 스마트 폰을 꺼내 들었다.

"아지사이 양, 한 번만 더! 한 번만 더!"

"어? 찍는 거야?!"

"엄청나게 귀여웠으니까! 괜찮아, 아무한테도 보여주지 않을게! 집에서 나 혼자만 즐길 테니까! 앙코르! 앙코르!"

두 번째 키스는 얼굴을 빨갛게 물들인 아지사이 양이 방금 전보다 훨씬 머뭇거리며 날린 "쪽"이었다.

동영상으로 촬영해놨기 때문에 앞으로도 소중하게 보존하겠다고 다짐했다. 살아있어서 다행이다. 하지만 리퀘스트는 좀 지나쳤을까…….

아지사이 양과 함께 있으면 내 마음이 위아래로 쉴 새 없이 움직인다.

이제 그다음은 위층을 돌아다녀 볼까, 하고 생각했을 때.

아지사이 양이 자연스럽게 내 손을 향해 손을 뻗었다.

어?!

"아, 미안, 싫었어?"

"절대 그렇지는 않지만…… 어, 어째서? 혹시 나를 좋아하는 거야?"

나도 모르게 본심이 튀어나오고 말았다.

하지만 아지사이 양은 『어째서 그런 걸 묻는 거야?』라는 것처럼 태연하게.

"그야 물론 레나 짱을 좋아하지."

네에에에에?!

극심한 동요. 우리의 마이 때문에, 최근 들어 저런 말들이 전부 이상한 의미로 바꿔 들리는 저주에 걸렸다. 더군다나 상대는 아지사이 양!

그것도 손을 맞잡고 있어. 마이보다도 훨씬 조그마한 손가락이 너무나도 사랑스러워서 곤란해.

옆을 걷는 아지사이 양은 아주 기분이 좋아 보였다. 나한테 이렇게 좋은 일들만 일어날 리가 없으니까 분명 어딘가 반전이 있을 거야…….

"저기, 조금만 푸념을 해도 될까?"

벌써 왔다. 너무 빠른 거 아냐? 몹시도 두려웠다.

"앗, 넵. 죄송합니다."

"어째서 사과하는 거야."

또 실수해버렸다. 이제는 분명 『레나 짱, 사실은 나, 우리 그룹 안에서 아무리 해도 생리적으로 받아들일 수 없는 애가 있는데…… 걔는 '아마오리'라는 성씨에 '레나코'라는 이름을 쓰는 애인데 말이지』라는 말이 나올 거라고 생각하고 있었더니.

"나한테는 나이 차가 좀 나는 남동생이 있다고 말했잖아? 집에서는 항상 떽떽거리며 꾸짖느라 바빠서."

"뭐어?! 아지사이 양, 화낼 때도 있어?!"

"있고말고. 아니 그보다 항상 화가 치민다구. 언제나 어지럽혀 놓고, 계속 물건들을 잊어먹고, 욕실 청소 당번도 제대로 안 지키고, 게임하고 있을 때는 대답도 잘 안 하는걸."

"언니 같아……."

아지사이 언니……. 정말로 멋진 울림이지만 입 밖으로 꺼낼 용기는 없었다.

"그렇다니깐. 그래서 이 언니는 가끔은 오늘같이 귀여운 여자아이와 같이 놀면서 여성스러운 기운을 빨아들여야만 하는 거야~."

아지사이 양은 흡혈귀처럼 송곳니를 드러내며 후후후, 하고 장난스럽게 웃었다. 귀여워.

"아니, 내가 가진 여성스러움이라고는 좁쌀만 해서……."

"친구랑 둘이서 백화점 화장품 플로어를 쇼핑하는 건 처음이었는데 정말로 즐거웠어. 함께해줘서 고마워, 레나 짱."

그렇게 말하며 맞잡은 손을 조물거리는 아지사이 양.

우와아, 너무 부끄러워.

아니지, 아니지. 아지사이 양은 나를 친구로서 좋아하는 거고, 친구로서 즐거워해줬을 뿐이야. 천사라서 감정표현이 풍부한 거고, 상대를 기쁘게 만드는 일에 주저가 없을 뿐이니까.

그래서 이건 내가 멋대로 두근거리고 있을 뿐이니까!

뭐야뭐야. 아지사이 양의 입술을 몰래 훔쳐보게 되는 이 느낌은!

나, 혹시 여자애를 좋아하게 된 건가……? 그런 말도 안 되는…….

"왜 그래? 갑자기 멈춰 서서 머리를 감싸 쥐고는……. 혹시 몸이라도 아파?"

"아니…… 왠지 두 번 다시 입장 불가능한 던전 안에 깜빡 잊고 안 줍고 나온 보물 상자가 기억났는데, 거기에 한술 더 떠서 세이브 데이터를 덮어씌운 기분이 들었다고 해야 하나……."

그런 소리를 중얼거리고 있었을 때, 진짜 반전이 다가왔다.

"여어"라는 목소리가 들려서 고개를 들었다.

"세나랑 아마오리잖아. 쇼핑 중?"

미남이다.

아니, 같은 반 친구인 시미즈 군이랑 후지무라 군이다.

분명 한쪽은 농구부고, 한쪽이 축구부였던가. 어쨌든 간에, 키가 크고 어깨가 떡 벌어진 잘생긴 훈남 두 사람이 앞에 서니, 나는 긴장해버렸다.

여자끼리만 있어도 반쯤 무리하고 있는데. 교실에서도 특히 눈에 띄는 남자애 상대로 가볍게 대화를 나눌 수 있을 리가 없지!

지금도 내 손을 쥐고 있는 아지사이 양은 역시나 주눅 드는 기색도 없이.

"맞아. 두 사람이야말로 남자애들끼리 이런 곳에 오다니 별일이네. 선물을 고르는 거야?"

"맞아맞아. 이 녀석 여자 친구 생일선물을 말이지."

"뭐, 대강 점찍어 둔 물건은 있지만. 이렇게 됐으니 같이 차라도 마시지 않을래?"

"어라~ 어떻게 할까나~."

아지사이 양은 방긋방긋 웃으면서 대답하고 있었다. 나는 맞잡은 손을 탁 놓고서 한 걸음 뒤로 물러섰다. 아지사이 양은 누구에게나 상냥하니까, 넷이서 함께 놀면 즐거울 거야, 라면서 나에게 권유해주겠지.

아, 어쩐지, 텅 비어버린 손바닥을 보고 있자니 문득, 떠올리고 말았다.

……전에도 이런 적이 있었던 것 같은데, 하고.

꽤나 오래전의 일이다. 구체적으로는 중학교 시절.

남자애들도 오니까 같이 놀자는 말을 들어서…… 나는 긴장도 되고 무슨 말을 해야 할지도 잘 모르겠으니까 사양할게~ 라고 거절했다.

그리고 다음 날──.

『──아마오리, 어째서 거절했어? 건방지잖아. 이제 두 번 다시는 권유하지 않을 거니까.』

그때 나는 화조차 내지 못하고, 울지도 못한 채, 그저 헤실헤실 웃고 있었던 것 같다. 그녀는 그런 내 태도도 포함해서 마음에 들지 않았던 걸지도 모르겠다.

내가 외톨이가 된 원인은 겨우 그런 사소한 일 때문이었다.

그저 그날따라 상대의 기분이 매우 나빴을 뿐인 이야기.

그 애는 반에서도 돋보이는 여자애라서 그 후로부터 나는 은근히 무시당하기 시작했다. 이렇다 할 저항조차 하지 않은 채, 흘러가는 대로 가만히만 있는 나에게 신경 써주는 사람은 없었다.

졸업할 때까지 나는, 외톨이였다.

이걸로 트라우마니 뭐니 호들갑을 떨 생각은 아니지만, 그 뒤로 내 행동을 주변 사람들은 어떻게 평가할지에 대해 남들의 시선이 신경 쓰여서 견딜 수 없게 되었다.

그리고 남들의 권유를 거절하는 걸 극단적으로 두려워하기 시작했다.

남자애들과 같이 논다는 건 엄청나게 거북하지만…… 으으, 어쩔 수 없어.

괜찮아. 아지사이 양과 둘이서 데이트할 예정이 엉망이 돼서, 나중에 집에 가면 그대로 침대로 직행할 정도의 일일 뿐이다. 별것도 아니야.

고등학교 3년간을 외톨이로 지내는 것보다는 훨씬 더 견딜만하니까!

다만, 여기에 만약 마이가 있었다면.

언제나처럼, 내 팔을 잡아주면서 도움의 손길을 내밀었겠지―, 하고.

그런 생각을 떠올려 버려서――.

나 자신의 발상에 나도 모르게 화가 치밀어 올랐다.

――뭐야 그거, 완전 글러먹었잖아.

그건 마이를 일방적으로 이용할 뿐이다. 내가 그리던 이상적인 친구와는 동떨어져 있어.

이해득실을 떠나서 사귈 수 있는 진정한 친구. 그게 내가 지향하는 목표인데도. 사정이 어려워지면 바로 매달린다니, 얼마나 마음이 약한 거냐고 나는.

분했다. 그야 마이는 뭐든지 다 해내는 대단한 녀석이지만, 그거랑 이건 별개잖아. 이래서는 마이 앞에서 당당하게 연인보다도 친구 쪽이 좋다는 소리는 할 수 없게 된다고.

그 녀석은 프랑스에서 열심히 노력하고 있어. 나도 확실하게 내 입으로 거절해야만 해! (스케일 차이가 너무 나는데요!)

"저기 레나 짱, 어떻게 할까?"

남자애들의 제의를 대변하듯이 대답을 재촉하는 아지사이 양의 말에, 나는 있는 힘껏 숨을 들이쉬었다.

과거가 어쨌다는 거야. 중학교 시절이 어쨌다는 거야. 나는 달라졌어.

이 학교에서 나는 『진짜 친구』를 찾아낼 거니까──!

"미안! 나는 다 같이는──." (꽈당)

현기증이 나서, 나는 그 자리에 쓰러졌다.

"레나 짱?!"

가벼운 빈혈이었다.

"자, 아마오리. 수분을 섭취해 둬."

"괜찮아? 집까지 바래다줄까?"

"아니, 저기…… 미안합니다…….."

시미즈 군이 건네준 포카리를 양손으로 끌어안고서, 나는 층계참에 있는 벤치에서 쉬고 있었다. 이 두 사람 상냥해…….

그리고 나는 거절하겠다고 결심한 것까지는 좋았지만, 멘탈이 너무 약해…….

"둘 다 정말 고마워. 그다음은 내가 지켜볼 테니까 괜찮아~."

"그렇구나. 그럼 우리들은 먼저 가겠지만 부디 조심하라고."

"어? 뭐야 그거, 너무 냉정한 거 아냐?"

"……바보야, 이럴 때는 여자애한테 맡기는 쪽이 좋은 거라고. 남자가 같이 있어봤자 신경 쓰게 만들 뿐이잖냐."

"아, 그런 거였나. 미안, 배려가 부족했어. 그럼 나중에 학교에서 보자."

고마워, 시미즈 군, 후지무라 군……. 인싸 남자애들은 여자애한테 엄청 상냥해……. 내가 일방적으로 거북해해서 미안합니다…….

거북한 기분은 그 뒤로도 이어졌다. 아지사이 양과 둘만 남아서, 미안한 마음이 묵직하게 내려앉았다.

"저기……."

"미안해, 레나 짱."

선수를 빼앗기고서 사과받았다. 어떻게 된 거야?『이제 레나 짱과 계속 친구로서 지낼 자신이 없어』라는 말을 듣게 되는 거야? 이제 완전 끝장이네요. 하염없이 울자.

내가 자신의 책임에 따른 마음의 준비를 단단히 마치고 있자니.

"레나 짱, 남자애들이 거북해 보였잖아. 아니 정확히는 모르는 사람들은 거의 대부분일까. 내가 먼저 나서서 거절했으면 좋았을 텐데, 미안해."

식은땀이 흘렀다.

"하지만 그게, 저기…… 아지사이 양이 나랑 함께 있는 것보다 두 사람이랑 노는 쪽이 즐겁다면야, 얼마든지 그쪽을 골라줘. 나 같은 건 떨궈내도……."

"그렇지 않아."

내가 더듬거리며 그렇게 말하자, 아지사이 양은 곧은 눈으로 마치 꾸짖듯이 나를 응시했다.

"레나 짱과 같이 놀러 온 건데, 레나 짱이 지루할 만한 짓을 해 봤자 아무런 의미도 없잖아."

손을 붙잡혔다. 히익, 부드러워.

"나는 오늘 레나 짱과 데이트하러 온 거라고?"

토라진 것 같은 말투로 한 마디 하고서는 빙긋 웃음을 지었다.

내 오해를 지적당하고, 나는 "미, 미안" 하고 사과했지만, 아지사이 양은 아직도 하고 싶은 말이 있는 것처럼 보였다.

"이제는 알았어? 내가 그렇게 팔방미인이 아니라는 걸."

"아, 알겠습니다."

"정말? 정말로 전해졌어? 나 제법 어리광쟁이인 데다, 삐지기도 자주 삐지니까 말이지."

아지사이 양이 내 코앞으로 손가락을 들이밀어서, 그저 고개만 끄덕였다.

혹시나 아지사이 양도 마이처럼 주변에서 강요받고 있는 이미지 때문에 난처해하고 있었던 걸지도 모른다.

"화, 확실하게 기억해 둘게."

"이해했다면야 그걸로 괜찮아. 후후후, 사실 나는 동생한테 설교할 때면, 이렇게 손을 꼭 맞잡아. 그러면 꼬맹이는 언제나 부끄러워하면서 솔직하게 내 말을 들어주거든. 이 언니만의 비장의 기술."

"말을 들어준다고는 해도, 이런 식으로……."

전신에 피가 통하는 감각이다. 심박수가 굉장해!

"그래서 몸은 좀 괜찮아? 설 수 있어? 걸을 수 있겠어?"

"응. 이제는 완전히 괜찮아졌어. 폐를 끼쳐서 죄송했습니다."

"그렇구나, 다행이다."

자리에서 일어선 아지사이 양은 나를 향해 손을 내밀었다.

"오늘은 이만 돌아갈까. 또 데이트하자, 레나 짱."

미소가 너무 눈부셔서 등 뒤로 후광과도 같은 날개가 언뜻 보이는 것 같았다. 어리광쟁이라도, 잘 삐지는 언니라도, 아지사이 양이 천사라는 사실은 결코 착각이 아닌 모양이었다.

돌아가는 길, 신주쿠역 안에서 이제 막 발매한 게임 광고를 봤다.

"오" 하고 반응하며 멈춰 섰더니, 옆에서 나란히 걷고 있었던 아지사이 양도 가로로 커다랗게 걸려있는 간판에 시선을 향했다.

"레나 짱, 게임 같은 거 하는구나?"

"어? 아니, 저기, 아주 약간이지만!"

아지사이 양은 간판을 찰칵하고 찍었다.

"그렇구나~ 나는 꼬맹이들이랑 같이 게임을 하곤 하거든. 그런데 이 게임의 전작은 동생들보다 내가 더 푹 빠져서 했을지도."

뭣이라고.

정신을 차렸을 땐 아지사이 양의 어깨를 움켜쥐고 있었다.

"나, 나도…… 나도 게임 좋아해!"

핫, 하고 정신이 들었다. 큰일 났다. 결국에는 기분 나쁜 짓을 저지르고 말았다. 공통의 취미가 있다고 그렇게 흥분해선 안 된다고 했잖아!

분명 이것만큼은 아지사이 양도 불쾌감을 드러낼 게······.

"헤에~ 그렇구나~ 의외네. 레나 쨩은 그런 데에는 흥미 없는 줄 알았어. 저기, 어떤 게임 좋아해?"

천사~~~~~~!

돌아가는 전차 안에서 나는 결코 말이 빨라지지 않도록, 그리고 개발자 인터뷰 같은 과몰입한 오타쿠 지식을 드러내지 않도록, 진정하면서, 진정하면서, 진정진정진정하면서 떠들었다. 아지사이 양은 즐거운 듯이 내 이야기를 들어주었다.

심지어는──.

"헤에, 샀었구나. 나도 해보고 싶은데~."

"그, 그러면."

'다 클리어하고 나면 빌려줄게!'라는 말을 목구멍에서 간신히 삼켰다.

"다, 다음번에 우리 집에 놀러 올래?"

오늘 했던 것처럼 용기를 쥐어짜서, 또다시 내가 먼저 나서서 권해봤다. 그러자 아지사이 양은 눈을 가늘게 뜨고 웃으면서.

"괜찮아? 갈래갈래."

우와아, 너무너무 기뻐.

인생에서 단 한 번 찾아온 행운이라고 생각하고 있었는데, 다음에도 또 아지사이 양과 놀 수 있다니······ 나는 혹시 인싸가 되는 요령을 파악한 건가?

"아지사이 양······ 우리 친구가 되자!"

"지금까지는 친구가 아니었던 거야?!"

마이여, 미안하게 됐구나…… 네가 저 이역만리의 하늘 아래에 있는 동안에 나에게는 새로운 친구의 조짐이 나타나기 시작했다고…… 후후후후후…….

* * *

마이는 빈번하게 메시지를 보내왔다.

목욕을 마치고서 오늘 받은 백화점 브랜드의 기초 화장품을 피부에 바르면서, 역시 좋은 건 다르구나…… 하고 생각하며, 스마트 폰 어플을 열었다.

프랑스의 극장이라거나, 카페 앞에서 선 채로 포즈를 취하고 있는 사진 등, 전부 굉장한 분위기의 사진들이라 마치 잡지 속 한 페이지 같았다.

『마음에 들었을까?』

그런 자신감으로 충만한 한마디에 나는, 정말이지 참, 하고 한숨을 내쉬었다.

『네에네에, 일 열심히 해.』

전화가 걸려왔다. 조금 쫄면서 전화를 받았다.

"여, 여보세요."

『어떻게 된 거야? 조금 차갑잖아. 나랑 만날 수 없어서 쓸쓸하니까 자신을 좀 봐줬으면 해서 삐진 걸까? 귀엽구나. 귀엽다고, 레나코.』

"아니라고!"

위협해 봐도 마이는 그저 웃고만 있었다. 매번 있는 일이니까, 매번 있는 일.

『안심해 줘, 지금은 머리를 잘 묶고 있으니까. 너의 친구란다.』

그런 소리를 들으면 강하게 나갈 수가 없게 된다. 치사한 녀석이다.

"정말이지…… 그러고 보니까 TV에 나온 거 봤어. 친구가 너무 멋있게 하고 있어서 굉장하다고 생각했어."

『그렇군, 이거 부끄럽구나. 새삼 다시 반한 건가?』

"친구라며!"

경계선을 마구 넘어오는 치사한 마이를 따끔하게 꾸짖었다.

일부러 프랑스에서 전화를 걸어준 마이의 마음에, 어쩐지 입술이 근질거리는 느낌이 들었지만 이건 어디까지나 착각. 맞아, 좋은 화장수를 써서 그런 거야.

"그래서, 그쪽은 좀 어때? 일은 순조로워?"

『당연하지, 내가 하는 일이니까.』

우리 학교 슈퍼달링의 활약은 월드클래스였나 보다.

『그렇게 말하고 싶은 참이지만, 딱히 내가 없었어도 괜찮았을 일들뿐이야.』

"……뭐야 그게?"

『의자에 앉아서 웃는다거나, 묻는 말에 대답하거나, 혹은 옷을 갈아입고서 포즈를 취하거나, 겨우 그 정도의 일이니까 말이지.』

"잘은 모르겠지만…… 모델이라는 건 원래 그런 거 아니야? 단

하나뿐인 개성이라고 해야 하나, 그 사람의 스타일 자체가 가치를 가진다고 해야 하나."

마이는 약간의 부자연스러운 간격을 두고서 대답했다.

『여기서 가치를 가지는 건, 내가 그 사람의 딸이라는 사실이야.』

"어?"

내가 되묻자, 마이의 묘한 기색은 그새 깨끗하게 사라졌다.

『아니, 아무것도 아니야. 이상한 소리를 해버렸군. 부디 잊어줘.』

나는 입을 비죽였다.

"……간단하게는 못 잊는다고. 왜냐하면 지금은 『친구』잖아. 먼 타국의 하늘 아래에서 외로운 친구의 말을 못 들은 척 넘길 수는 없다고."

아지사이 양이나 남자애들한테는 할 수 없었던 말들도 마이 상대로는 자연스럽게 입에 담을 수 있었다. 어째서 그런 건지는 스스로도 알 수 없었지만.

훗, 하고 웃는 소리가 전화기 너머로 들려왔다.

『아아, 좋구나, 너는 정말…….』

그 한숨 섞인 목소리에 가슴이 꾹 막혀서, 한순간 아무 말도 할 수 없었다.

『대단한 일은 아니야. 조금 약한 소리를 하고 싶어졌을 뿐이라서 말이지.』

"으, 응. 그 정도야 괜찮아. 뭐든지 말해봐. 여기가 옥상은 아니지만 뭐든지 받아들여 준다고 했잖아. 자자, 레나코 언니한테 다 털어놓아 보세요."

아지사이 양을 살짝 흉내 내면서 마이를 놀려보기도 하고.

『레나코 언니라……. 너와 같은 언니가 있었다면 매일같이 어리광을 부리게 될 거 같구나.』

"마이 같은 여동생이 있다면, 엄청나게 비교당하느라 매일같이 주눅 들어 있을 것 같아……."

『그럴 때면 나한테 어리광 부리면 되지 않을까?』

"글러먹은 상호의존 관계잖아……."

마이가 웃었다. 부끄러워. 언니라니 그런 쓸데없는 소리는 하지 말 걸 그랬어!

『나에게 있어서 연인이라는 건 특별한 존재야.』

방금 전에 뭐든지 털어놓으라고 말한 참이다. 설령 그게 위험하다는 생각이 드는 주제라고 해도 나는 묵묵히 받아들일 수밖에 없다.

『그 무엇과도 바꿀 수 없는 소중한 사람. 나에게 있어서 그건 바로 너였어.』

"아니, 하지만 그건."

『너는 언제나처럼 어째서 나야?'라고 말하겠지만, 그날, 그때. 그 장소에 있었던 사람은 너였어. 운명이라는 건 말이지. 운명이라서 얼굴도 모르는 타인이 서로 만나게 되는 게 아니야. 서로 만났다는 사실 자체가 너와 나의 운명인 거야.』

그런 건 나중에 가져다 붙인 구실일 뿐이잖아.

확실히 옥상에서 떨어지고도 무사했던 건 기적적이었지만. 마이도 머지않아『이건 운명이 아니었구나』하고 깨닫는 날이 올 거라고…… 생각한다.

하지만, 어째서인지 그 말을 입 밖으로 꺼낼 마음은 들지 않았다.

나도 마찬가지로 마이를 『특별한 존재』라고 생각하고 싶어서…… 그런 걸지도 모른다.

"……그러면 나는 그 누구와도 바꿀 수 없는 사람이라는 뜻?"

『물론 그 말대로야. 레나코를 대신할 사람은 어디에도 없어.』

있을 거라고 생각하지만 말이지…….

"……뭐, 나는 그렇다 쳐도, 마이를 대신할 사람은 없을 것 같네."

『그건 정말인가?』

아주 약간이지만 불안해 보이는 마이에게 "당연하잖아"라고 확실하게 못을 박았다.

그건 외모가 뛰어나거나, 슈퍼달링이라서 하는 말이 아니라.

"그렇게 막무가내로 들이대는 여자가 여럿씩이나 있을 리 없잖아."

……지금 나는, 언제 마이한테 홀랑 넘어갈지 몰라서 노심초사하고 있으니까.

절대 말할 생각은 없지만! 넘어가는 건 옥상에서 떨어질 때 있었던 일로도 이미 충분해!

『고마워, 조금 안심했어. ……정말로 너는 상냥하구나.』

힘을 빼고서 자연스러운 미성으로 속삭이는 마이의 목소리가 귀를 통해 들어와 내 마음까지 녹여버릴 것만 같아서, 귀에 직접 맞닿는 이 거리감이 상당히 위험하다는 생각이 들었다.

황급히 화제를 돌렸다.

"평범한 거라니깐. 평—범. 그, 그보다 그쪽은 지금 몇 시야? 뭐 하고 있었어?"

『마침 점심때야. 계속 대기시간이 이어지다가 이제야 막 촬영이 일단락된 참이야. 네 사진을 보면서 웃고 있었어.』

"어느새 찍은 거야…… . 부끄러운데…… ."

『괜찮아. 이 사람이 내가 사랑하는 사람(chérie)이라고 말했더니 모두들, 정말로 귀엽다고(parfaite) 칭찬해 줬으니.』

"그게 더 부끄러운데?! 무슨 짓을 저지르는 거야?! 그보다 뭘 자랑스레 보여주고 다니는 건데?!"

『자랑스러운 연인이니까 말이야.』

"친구! 친구우!!"

『그래서 그쪽은 뭐 특별한 일이라도 있었니?』

"사람 말 좀 들어…… ."

나는 아지사이 양과 처음으로 둘이서만 놀러 갔던 일을 이야기했다.

"자주 게임을 하나 봐. 내일 우리 집에서 놀 거야—."

헤헤헤—, 어때 부럽지—, 하는 자랑이다.

그 아지사이 양을 이틀씩이나 독점할 수 있다는 사실에 들떠 있었다.

그래서 세세한 데까지 주의가 미치지 못했던 걸지도 모른다.

『호오. 둘이서만인가? ……과연 그렇군.』

새삼 아지사이 양이랑 둘이서 노는 게 뭐 어때서. 언제나 우리 다섯이서 같이 놀잖아. 대충 그런 식으로 말하려고 했는데, 마이의 목소리가 갑자기 차가워지더니.

『……그런가, 네가 그런 여자일 거라곤 생각하지 못했어.』

"어? 뭐가."

『나라는 연인이 있으면서도 다른 여자를 방에 불러들이는 건가…… 어쩜 사람의 마음을 가지고 놀다니…….』

"잠깐?! 아지사이 양은 그저 친구일 뿐인데?!"

『장거리 연애가 되자마자 바로 바람을 피우는 악녀인가, 너는!』

"지나친 오해야!"

대체 뭐가 오해인지는 잘 모르겠지만 서둘러 외쳤다.

"어쨌든! 나랑 마이는 진짜 연인 사이인 것도 아니니까 내가 누구랑 놀든 그건 내 마음이잖아?!"

어째서 굳이 이런 말까지 해야 하는 걸까.

이래서야 정말로 사귀는 사이 같잖아!

『이제 됐어! 멋대로 해! 나랑 너는 어디까지나 친구 사이니까 말이지!』

"처음부터 그랬잖아?! 어째서 갑자기 까칠하게 구는 거야!"

진심 영문을 모르겠네!

"그보다 너, 내가 키스 같은 건 싫다고 싫다고 했는데도 억지로 했던 주제에! 자기가 싫은 꼴을 당했을 때의 기분도 조금쯤 느껴 보라고!"

『너도 좋아했으면서!』

"아주 제멋대로야!"

『좋아! 그렇다면 나도 여기서 눈이 확 뜨이는 예쁜 애랑 만나서 데이트할 테니까!』

턱, 하고 말문이 막혔다.

TV에서 본, 마이 가까이 있던 일본인 유명 모델들.

나 같은 애는 그중 누구랑 비교해도 발끝에도 미치지 못한다. 열등감이 나를 발로 지근지근 짓뭉개는 듯한 느낌이 밀려왔지만.

그러나 마이는 그런 나보다 훨씬 더 충격을 받았다.

『……아니, 안 해……. 농담이야, 미안해……. 되지도 않는 소리로 내 프라이드를 내던질 뻔했던 참이었어. 오우즈카 마이쯤 되는 내가…….』

"으, 응. 그렇구나……."

후우, 안도의 한숨을 내쉬었다.

아니, 뭐지? 이 한숨은? 어째서 이렇게나 안도하는 거야.

『그러니까 너도 솔직하게 자백해도 괜찮아. 아지사이랑 논다는 말도 거짓말이겠지?』

"그건 진짜라고!"

『어쩜 그럴 수가!』

"또 반복이잖아!"

그날, 우리들은 마치 다투기라도 한 것처럼 전화를 끊었다.

그날의 키스 이후로 마이도 점점 이상해진다…….

……이대로라면 우리들은 머지않아 훨씬 더 크게, 혹은 아주 결정적으로 다툴 거라는 느낌이 들었다.

역시 연인 사이는 위험해. 마이조차 이렇게 이상해질 정도니 그만두는 편이 좋아!

* * *

마이가 없는 다음 주의 학교는 슈퍼달링이 없는 평범한 일상과 지루함을 달래려는 것처럼 여기저기서 놀자는 약속이 잡혀있었다.

"으아―앙. 재미없어~~!"

하지만 그중에서도 유달리 떼를 쓰고 있었던 사람은 마이의 열렬한 팬인 카호 짱. 책상 앞에서 머리를 감싸 쥔 채로 비둥버둥 몸부림쳤다.

"진정하라고, 16살 꼬맹이. 정말이지, 어째서 그렇게 마이를 좋아하는 거야."

사츠키 양이 묻자, 카호 짱이 덜커덩 일어나서는 오히려 의외라는 듯이.

"모두들 모르고 있다고요! 그 슈퍼달링이 같은 반에 있다니, 그 자체로 눈 호강인 데다 엄청난 행운이라는 사실을 말이야! 너무 익숙해져버린 거 아닐까요!"

옆에 있던 아지사이 양이 뒷짐 진 자세로 방긋방긋 웃으며.

"에이~ 나도 행운이라고 항상 생각하고 있어~ 그치, 레나 짱."

"으, 응. 마이 덕분에 우리 학교 교복의 가치가 오르고 있구나, 싶은 부분도 있고."

"그런 게 아니라—! 그렇지— 사 짱!"

품에 안기려고 드는 카호 짱을 재빠르게 피하는 사츠키 양.

"딱히. 오우즈카 마이가 있든지 없든지 우리들의 학교생활이 달라질 건 없잖아. 언제나 해야 할 일들에 힘쓸 뿐이야. 오히려 성가신 녀석이 없어져서 속이 시원해."

"매일매일 경쟁하던 상대가 없어져서 쓸쓸해 보이는 표정을 짓던 주제에~?"

"…………."

"아얏, 잠깐, 책으로 때리지 마?!"

쓸데없이 입을 놀리고 만 카호 짱이 사츠키 양의 분노를 사거나, 아지사이 양이 그런 두 사람의 모습을 보고서 미소를 지으며 즐거워하는 둥.

마이가 없는 동안 우리 그룹은 한쪽 귀가 안 들리게 된 이어폰처럼, 어딘지 채워지지 않는 느낌은 있었지만 적어도 평화롭기는 했다.

나도 심란할 일들 없이 평온한 학교생활을 보내면서…….

(시미즈 군이랑 후지무라 군한테는 사과의 의미를 담은 주스와 함께 다시금 사과했다. 두 사람은 변함없이 상냥했다.)

……그런데 어라? 설마하니 지금까지 내 매직 포인트가 마구 소모됐던 원인은 그룹 내에 마이가 있으니까 너무 긴장한 나머지 그랬던 건가?!

그렇게 학교를 마치고. 후후, 오늘은 아지사이 양과 약속한 날.

"그러면 레나 짱, 같이 가자."

"부디! 얼마든지!"

이번 달 들어서 우리 집으로 친구를 초대하는 게, 마이에 이어 이번이 두 사람째. 내 고등학교 데뷔는 틀림없이 성공적이었다고 말해도 과언이 아니야……

문득 어딘가 머리 한구석에서 『어쩜 그럴 수가!』라고 외치며 눈썹을 곤두세우는 2등신 미니 마이가 있었지만, 손을 내저어 쫓아내고서 아지사이 양과 나란히 하교했다.

전차를 타고 집으로 돌아가는 길도 행복했다. 대화도 도중에 끊기는 일 없이 자연스레 이어졌지만, 그건 단순히 아지사이 양의 커뮤니케이션 능력이 빼어나서 그럴 뿐이니까 착각하지 말지어다. 아마오리 레나코여.

어서 오세요— 라고 외치며 집에 도착. 현관문을 열자, 동생이랑 딱 맞닥뜨렸다. 언제나 배드민턴부 연습 때문에 늦어지는 주제에, 오늘 같은 날에만 집에 있네!

하지만 괜찮아. 나는 만면에 웃음을 지으면서 아지사이 양을 자랑스럽게 내보였다.

"다녀왔어. 아, 오늘은 언니 친구도 왔어."

머리카락을 찰랑이며 쓸어 넘기면서 말했더니, 아니나 다를까 여동생은 깜짝 놀란 표정으로 "우와, 미소녀가 있어"라며 반사적으로 말했다.

"처음 뵙겠습니다. 레나 짱의 동생? 미소녀라니 고마워."

아지사이 양의 미소에는 여동생조차 눈길을 빼앗기고 말았다.

내 친구니까 말이지, 내 친구.

"앗, 네. 죄송합니다, 갑자기 실례되는 소리를 해서. 저기, 언니를 잘 부탁드려요. 쓸모라곤 없는 평범함 그 자체인 언니입니다만."

동생의 쓸데없는 그 한 마디만 뺀다면 훌륭한 인사였다. 역시 운동부 소속 인싸답다.

"그럼 우리들은 방에서 놀고 있을 테니까 방해하지 말아줘."(찰랑)

"앗, 아지사이 씨. 나중에 연락처 교환하지 않을래요?"

"좋아~."

"놀고 있을 테니까!"

젠장, 내 여동생이지만 도무지 방심할 틈이 없다.

멀어져가는 여동생의 뒤통수를 노려보고 있자니, 천사 아지사이 양은 방긋 웃으면서.

"역시 레나 짱의 동생은 우리 집 꼬맹이들과는 달리 말도 참 잘하네. 미소녀라니. 에헤헤."

"저 녀석은 나랑 취향이 비슷한 걸지도 몰라…… 아니, 아무것도 아니야!"

얼버무리듯이 서둘러 내 방으로 초대했다.

"자, 그럼 무슨 게임을 해볼까!"

"와, 굉장히 많구나. 우리 집보다 훨씬 많이 가지고 있네~."

"그, 그런가? 평범하지 않습니까?"

중학생 때는 정말로 항상 집에 틀어박혀서 게임밖에 안 했으니까 말이죠.

아아, 옆을 돌아보면 내 방 안에 아지사이 양이 앉아 있어······이 무슨 행복······.

아니, 가슴이 찡하고 울리는 감동에 떨고 있을 때가 아니지.『뭘 쳐다보는 거야? 짜증······』이라는 소리를 들을 거야. 아냐, 아지사이 양은 그런 말 안 해!

"아, 우리 이거 하자. 신경 쓰이던 거야~"라며 아지사이 양이 손에 쥔 소프트는 어제 광고판에서 봤던 신작 게임이 아닌······요전번에 마이랑 같이 했던 게임이다······.

머릿속에서 또다시 아우성치는 마이. 하지만 지금 내 눈앞에는 미소를 띤 아지사이 양.

응······ 그래! 마이랑은 그 후로 격투 게임도 했었고! 게다가 마이랑은 또 같이 놀면 되는 거니까!

"할래, 할래!"

나는 마이가 놀러 왔을 때처럼 TV앞에 나란히 앉았다.

"미리 말해두지만 나, 게임은 잘 못하니까 폐를 끼치게 된다면 미안해."

"괜찮아, 괜찮아. 나한테 맡겨만 줘! 아지사이 양에게는 손가락 하나 건들지 못하게 할 거고, 적들은 남김없이 눈에 들어오기도 전에 처리해 버릴 테니까!"

"그러면 나는 아무것도 못 하는 게?"

아차, 너무 열 내고 말았다.

"그, 그러면 마지막 한 대만 때리면 될 정도로만 HP를 깎아서······."

"정말이지, 평범하게 해도 된다니깐."

아지사이 양은 웃으면서 내 어깨를 두드렸다.

히에엑, 스킨십이다······. 좋은 향기가 나······.

"그, 그렇지. 친구랑 게임하는 거지. 평범하게 하면 되는 거네,
평범하게······."

하지만 평범함이란 뭐지? 나는 마이 말고는 같이 게임해 본 적
이 없다고!

컨트롤러를 쥔 것만으로도 엄청나게 긴장돼, 이상하게 땀이
나. 극도의 긴장으로 딱딱하게 굳은 채, 게임을 시작했다.

그런데 몸이 기억한다는 건 굉장했다. 게임이 시작되자마자 나
는 바로 평소의 자신을 되찾고서, 단 하나의 실수도 없이——.

"왓?!"

"——!"

"와~ 부끄러워······. 진짜로 비명을 질러버렸어."

허둥지둥 손을 내저으며 빨개진 얼굴로 부끄러움을 얼버무리
듯이 웃는 아지사이 양.

이야, 역시 무리겠죠. 이런 상황에서 평정심이라니······ 귀여운
옆모습을 계속 바라보게 되잖아요······.

마이의 경우엔 『뭔가 튀어나올 것 같은 기척이 느껴진다······.
좋아 너는 엄폐물 뒤에 숨어 있어. 내가 먼저 가겠다』라면서 무슨
특수부대원처럼 플레이하니까.

안 되지, 안 돼. 아지사이 양과 함께 있으면서도 다른 여자를

떠올린다니!

"레나 짱은 정말 잘하는구나. 적들이 어디서 나타날지 다 기억하고 있어?"

"이야아, 어쩌다 보니 그런 거야. 별거 아니야."

바로 얼마 전에 플레이했던 참이고 말이지……

"멋있다, 레나 짱."

"엣? 아, 내가 사용하는 캐릭터가? 응. 그치."

위험해, 위험. 착각할 뻔했다.

"으으응, 아니. 레나 짱 게임 엄청 잘하는 게 멋있다고 생각했어. 굉장하네."

게임 잘하는 게 멋있어……? 아지사이 양의 가치관을 도무지 모르겠다.

"저기, 레나 짱만 괜찮다면 다음번엔 우리 집에 놀러 오지 않을래?"

"어? 무조건 갈래."

"정말? 기뻐."

아지사이 양이 이 정도로 좋아해 주다니, 집에 박혀서 게임만 하길 잘했다.

"게임 잘하는 언니가 집에 놀러 오면 우리 동생들도 기뻐하겠어. 애들한테 인기인이 되겠네."

앗, 그런 의미였나……. 아지사이 양 동생은 게임을 잘하는 사람을 좋아하는 건가, 그렇구나…….

"저기, 이건 그냥 참고삼아서 물어보는 건데, 아지사이 양은 어떤 사람을 좋아해?"

"어~? 나 그렇게 눈이 높아 보여?"

"아니 그런 말은 아니고……. 그냥 조금 흥미가 있어서."

세이브 지점에서 잠깐 휴식. 내가 컨트롤러를 손에서 놓자, 아지사이 양도 컨트롤러를 내려놓고서 위를 올려다보았다.

"사실은 말이지, 나는 그런 이상형 같은 건 별로 없어서. 같이 있으면 즐거운 사람이 좋지만, 꼭 그게 필수라는 뜻도 아니고…… 아, 굳이 말한다면 안심할 수 있는 사람이 좋으려나? 나만 따라와, 같은 식의 무서운 사람은 그다지 취향이 아닐지도."

"과연. 마이 같은 무서운 사람."

"마이 짱은 상냥한걸~ 우리 그룹 애들은 모두들 좋은 애들뿐이야."

"압도적 언니 느낌……!"

마이나 사츠키 양을 좋은 애들이라고 지칭하다니……. 아지사이 양은 정말로 이 인간 세상에 내려와 사람들의 선행을 지켜보는 존재 아닐까?

"뭐야뭐야, 레나 짱이야말로 신경 쓰이는 사람이 있어?"

"어? 어어? 어, 없습니다만?"

"이 아지사이의 경험으로 비추어볼 때, 남한테 신경 쓰이는 사람을 묻는 사람은 말이지. 그 사람을 좋아해서 그러거나, 좋아하는 애가 있는 사람이라는 뜻이야."

팔짱을 끼고서 명탐정 포즈로 말하는 아지사이 양. 아니, 저기.

"그 이론대로 말하자면 내가 좋아하는 사람이란 아지사이 양이 되는 게……."

"정말이네. ……어라, 그런 거야?"

아지사이 양은 양손으로 입을 가리면서 얼굴을 붉혔다.

"아, 아니, 아닙니다만?!"

"아아, 그렇구나. 아~ 깜짝 놀랐네. 에헤헤. 친구인 여자애한테 고백받는 건 처음이라고 생각해버렸어."

"아니니까! 나, 어쨌든 아니니까!"

벌떡 일어나면서까지 필사적으로 부정했다. 그런데 너무 필사적이면 역효과 아니야?!

아지사이 양은 당황하는 나를 눈만으로 올려다보면서.

"어~? 그거 아쉬운걸~?"

"그, 그만 봐주세요……."

다시 자리에 앉았다. 히엑, 얼굴이 뜨거워.

아지사이 양은 어쩐지 기뻐 보이고…….

"혹시 아지사이 양, 저를 놀리면서 즐기고 계십니까……?"

"들켰어?"

"요 녀석—!"

"꺄아~."

확 달려들었더니 아지사이 양은 뒤로 넘어졌다.

내 방 카펫 위에 누워서 머리카락을 흐트러트린 채로 나를 올려다보는 아지사이 양의 모습이 어쩐지 야했다.

윽, 인간을 유혹하는 타천사 모드야……. 빛의 아지사이 양과 어둠의 아지사이 양이 교대로 나를 휘두른다! 하지만 아지사이 양한테라면 얼마든지 휘둘려도 싫지 않을지도…….

아니 그보다 마이 때문에, 친구를 상대로 이런 생각이나 하는 여자가 되어 버렸잖아!

꼴사나워! 그 여자가 나를 이렇게 만들었어!

"으으, 미안해, 아지사이 양."

"괜찮아, 용서해줄게. 뭐가 미안한지는 모르겠지만."

손가락으로 오케이 사인을 보내는 아지사이 양을 나도 모르게 껴안고 싶어졌지만, 지금의 나라면 분명 불순한 생각을 해버릴 게 분명했기 때문에 자제했다.

그 순간, 갑자기 초인종이 울렸다.

그 소리에 뒤를 돌아보면서도, 여동생이 집에 있으니까 괜찮겠지, 하고 다시 아지사이 양을 향해 고개를 돌렸다.

"나가보지 않아도 괜찮아?"

"괜찮아, 어차피 여동생이 있으니."

머리를 정리하는 아지사이 양, 귀엽네, 하고서 편안한 기분을 즐기고 있었더니.

우다다다, 하고 황급히 뛰어오는 발소리가 들렸다.

"자, 잠깐, 왜 그래?"

벌컥 문이 열렸다. 큰 소리에 깜짝 놀라서 돌아보니, 나보다도 훨씬 놀란 표정을 짓고 있는 여동생이 있어서 살짝 쫄았다.

"언니……."

"왜, 왜?"

"뭔가 헐리웃 여배우 같은 사람이 찾아왔는데……."

나도 모르게 이마를 짚었다.

마이다.

마이였다.

"여어, 달링."

좋지 않은 예감이 들어서 아지사이 양은 방에 두고 나왔다. 여동생한테 맡겨둔 참이다. 저렇게 단둘이 있게 놔두는 것도 내키는 바는 아니었지만, 지금은 그런 소리를 할 때가 아니었다.

마이는 싱글싱글 웃으며 현관 앞에 서 있었다.

마이의 모습은, 자신의 스타일을 한껏 뽐내고 있는 듯한 늘씬한 정장 차림에 높은 힐. 거기다 이마에는 커다란 선글라스까지 쓰고 있어서 그야말로 헐리웃 여배우 같았다.

게다가 양손에 가득 꽃다발을 안고 있다. 붉은 장미가 너무 잘 어울려서 싫다…….

"어, 어째서……?"

"이야, 일이 빨리 끝나서 말이지. 원래는 관광이라도 하다가 귀국할 생각이었지만 서둘러 마무리 짓고 왔어."

"그건 또 어째서?!"

"후후, 내 입으로 듣고 싶은 걸까? 물론 너를 만나고 싶었으니까."

"거기다 머리까지 풀어 내리고 있잖아…….'

마이가 나를 껴안으려고 드는 걸 양손으로 밀어냈다. 기다려기다려. 현관이 최종절대방어선처럼 되어 버렸다.

"자, 잠깐 안 된다니깐. 말했잖아? 지금, 아지사이 양이 놀러
와 있어서."

"그러면 마침 잘됐군. 다 같이 놀지 않겠어?"

"진심……?"

꽃은 리무진을 운전해 온 운전수분이 들고 돌아갔다. 세계관이
따로 놀고 있어서 굉장해.

이렇게 놀러 온 이상 문전박대할 수도 없는 노릇이라, 마이를
집 안에 들이고 말았다. 방으로 돌아오자 아지사이 양도 엄청나
게 깜짝 놀랐다.

"어? 마이 짱?!"

"여어, 아지사이. 일이 끝나서 잠깐 들러 봤어."

거기다 마이는 방구석에서 굳어있던 여동생한테도 미소 지으
면서.

"네가 레나코의 영매(令妹)구나. 안녕, 나는 오우즈카 마이. 잘
부탁해."

"영매……? 어, 뭐야? 엘리자베스 여왕……?"

여우한테라도 홀린 표정으로 악수를 나누는 여동생. 게다가 악
수한 뒤에는 도무지 믿을 수 없다는 눈으로 자기 손을 뚫어져라
바라보고 있었다.

"잠깐…… 남의 여동생을 그렇게 꾀지 말아줘."

"너도 보고 있었잖니. 나는 인사를 했을 뿐이라고."

"아하하, 조금 자극이 강했나 보네……. 하지만 이해가 가. 나
도 마이 짱이랑 처음 만났을 때 깜짝 놀랐는걸. 얼굴이 너무 조막

만 해서 두개골이 없는 건 아닐까 싶었어."

우리들 셋이서 평소처럼 대화를 나누고 있었더니 여동생은 번뜩 고개를 들었다.

"어, 언니랑 친구인가요?!"

"아아, 언제나 나와 사이좋게 지내주고 있어. 고마워."

"뭐어어……? 뭐어어어어어어~~~~~~……?"

엄청난 표정으로 나를 쳐다봤다.

어이어이 그렇게 두리번거리지 말라고, 몰래카메라가 아니니까. 아니 그보다 이 사람이 나한테 고백했다고. 나야말로 몰래카메라는 아닌지 의심하고 싶으니까 말이야!

그건 그렇고 대체 어쩔 거야, 이 상황.

여동생은 방에서 나가려는 기미조차 없고, 오른손에는 천사와도 같은 미소녀인 아지사이 양이. 그리고 왼손에는 고저스한 미녀이자 슈퍼달링인 마이가 있다.

두 사람 사이에 껴있자 어쩐지 수수께끼의 환청이 들려왔다.

아지사이 양한테서는 '나랑 둘만의 데이트인데 어째서 마이 짱이 온 거야?'라는 질책의 목소리가. 한편 마이한테서는 '바람을 피우는 너에게는 벌을 줘야겠구나'라는 냉철한 한마디.

어째서 내가 양다리를 걸친 나쁜 여자처럼 된 거야?! 친구입니다만?!

나는 내심 머리를 감싸 쥐고서, 될 대로 되라는 심정으로 여동생을 향해 말했다.

"자, 여동생이여, 같이 게임 할래?! 할까나!"

"어?! 하겠습니다!"

여동생이 저렇게 들떠서는 존댓말까지 하다니 난생 처음 들었다.

대충 그렇게 돼서, 아지사이 양과 마이, 나랑 여동생. 총 넷이서 게임을 하게 되었다.

목격자가 이렇게 많으면 다짜고짜 쳐들어온 마이도 이상한 짓은 못 하겠지……. 양의 탈을 뒤집어쓴 늑대 같은 건가?

4인용 게임으로 바꿔 넣고서, 우당탕탕 대난투. 아~ 즐거워……. 쓸데없는 생각이 사라져가네……. 그나저나 마이 너무 센 거 아니야? 처음 해본 주제에…… 어, 뭐야 이 녀석! 반드시 쓰러트려주지!

게임에 푹 빠져서 놀고 있었더니, 스마트폰으로 시간을 확인한 아지사이 양이 "앗" 하고 외쳤다.

"미안, 벌써 이런 시간이네. 오늘은 동생 학원 때문에 데리러 가야 해서. 나는 먼저 돌아갈게. 다들 재밌게 놀아~."

미안하다는 포즈와 함께 자리에서 일어서는 아지사이 양. 나도 반쯤 일어서면서.

"그러면 내가 역까지 마중을——."

그렇게 말하는 내 손목을 여동생이 재빠르게 낚아챘다.

눈으로 절실하게 호소하고 있었다. 『나랑 마이 씨 둘이서만 있게 하지 말아줘』라고.

그 마음도 이해는 하지만!

"저, 저기, 오우즈카 양도 이참에 함께 역까지 바래다줄까?"

억지로 미소를 지으면서 물어보자, 마이는 시치미 떼는 표정이다.

"아, 미안해. 마중 올 시간을 정해놔 버렸어. 앞으로 한 시간 반 정도만 더 있게 해줄 수 있을까?"

너, 뭘 멋대로!

내가 무슨 말을 꺼내기도 전에 재빨리 여동생이 먼저 대답했다.

"그럼요 얼마든지요! 앗, 저기, 제가 아지사이 선배를 배웅해드릴 테니까요!"

얌마─!

"자, 자, 그럼 갈까요, 아지사이 선배."

"어라, 괜찮아? 여동생 짱."

"네, 제가 좀 더 아지사이 선배랑 이야기를 나누고 싶어서……."

"아하하, 뭐야 그게, 기뻐. 그러면 감사히 호의를 받을까. 레나 짱 오늘은 실례 많았습니다. 정말 즐거웠어. 마이 짱도 학교에서 보자."

아지사이 양이 떠나가 버린다……. 나의, 나의 아지사이 양이 이이…….

여동생은 떠나가면서 열린 문 사이로 얼굴만 빠끔히 내밀고선.

"저, 저기, 오우즈카 선배도 다음에 또!"

"아아. 또 보자."

탁.

무정히도 닫히고 마는 문.

조용…… 귀가 아플 정도의 침묵이 찾아들었다.

"자, 그럼 게임을 이어서, 이어서……. 좋—아. 마이— 이번엔 지지 않을 거야—…….."

컨트롤러를 향해 손을 뻗으려고 했을 때, 등 뒤로부터 끌어안 겼다.

"흐꺄악!"

"무슨 소리를 지르는 거야, 너는."

"행동이 너무 재빠르다고! 이 늑대! 짐승! 확 잡혀가 버려—!"

"너를 위해서 하루라도 빨리 돌아왔는데."

"자기를 위해서겠지!"

마이의 손이 한순간 멈칫했다.

"……그렇구나. 그 말대로야. 너를 위해서라고 말하면서도 내 가 지금 하고 있는 건 나를 위한 행동이다. 너에게는 내 비열한 행동조차 바로 간파당해 버리는구나."

내 귀 뒤에서 한숨을 내쉬니까 숨결이 귓가에 닿아서 움찔하고 만다.

"이제 와서 체면 차려도 소용없나."

"뭐?"

마이가 내 뺨에 손을 올리고서 휙 하고 자기 쪽으로 끌어당겼다.

그대로 소나기와도 같은 키스를 퍼부었다.

단숨에 마음을 빼앗겼다. 온몸이 마이로 가득 채워진다.

나도 모르게, 힘껏 마이를 밀쳐냈다.

"자, 잠깐…… 그만하라고."

손등으로 입술을 막으면서 마이를 노려보았다.

엄마도, 아빠도 아직 돌아오지 않으셨다. 아지사이 양을 마중하러 간 동생도 당분간 오지 않는다. 나는 지금 집에 마이와 단둘이다.

마이는 마치 희곡 속의 등장인물처럼 가슴에 손을 올리고서 고개를 숙였다.

"나는 지금 온몸이 질투로 타오르고 있어. 아지사이에게 이런 마음을 품게 될 줄이야. 확실히 네 말처럼 사람을 사랑하게 되는 데는 아름다운 일들만 있는 건 아닐지도 몰라……."

"질투라니 그런…… 어, 어째서 나 따위한테……."

"하지만 내가 좋아하는 상대는 너니까."

손목을 붙잡혔다. 나에게 매달리는 듯한 마이의 눈길에 머리가 아찔해질 것만 같았다.

"전혀 의미를 모르겠어…… 나보다도 훨씬훨씬 더 좋은 애들이야 얼마든지 있잖아. 가령 아지사이 양이라든가."

양팔을 펼쳐 든 마이가, 나를 부드러우면서도 상냥하게 품에 안았다.

"좋아해, 레나코."

"자, 잠깐…… 싫다, 마이도 참……."

여기서 처음으로 마이랑 포옹했던 게 대충 3주 전쯤 있었던 일이고, 그날 이후로 나는 줄곧 마이를 이상한 눈으로 보게 되었다.

"포근하면서도 좋은 향기가 나. 레나코의 향기다."

"바보야, 창피하다니깐……!"

아지사이 양이 내 손을 쥐었을 때와는 전혀 달랐다. 좀 더 직접적으로 마이의 감정이 전해져온다. 좋아하고 좋아해서 도저히 참을 수 없다는 마음이 마구잡이로 밀려든다.

또 이 느낌이다. 사랑의 탁류에 삼켜져서 숨조차 쉴 수 없을 것만 같은.

"저, 저기, 마이……. 나는 마이를 친구로서……."

"하지만 지금은 연인 사이야. 서로가 그렇게 정한 규칙 내에서지."

마이의 입술이 내 귓가를 스쳤다.

미끈거리는 감촉! 등줄기가 바짝 섰다!

"하웃……."

"두 사람이 사귀거나, 결혼하는 것과 마찬가지로. 당사자끼리 합의한 거야. 전혀 거리낄 일은 없어."

"내, 내가 싫다고 말하고 있는데도……."

언제나 그랬듯이 남의 마음을 멋대로 해석하다니, 이 자식…….

등을 퍽퍽 때려주려고 했는데도 손에 힘이 들어가질 않아서, 마치 등을 쓰다듬으며 『좀 더, 좀 더』하고 조르는 것처럼 되고 말았다.

아니야, 그게 아니니깐!

"너의 모든 걸 내 것으로 만들고 싶어, 레나코."

"나, 나는 내 거라고……!"

귀부터 시작해서 목덜미, 게다가 쇄골 부근까지 마이의 입술이 내려왔다.

발바닥에 닿을락 말락 한 거리에서 나를 살살 간질이는 것처럼, 내 몸은 마이의 움직임에 반응하기에 바빴다.

"마이, 거기, 간지러우니까⋯⋯."

"달콤해, 레나코의 살결."

"어, 어째서 핥는 거야?! 어째서 그런 짓을 하는 거야?!"

마이는 내 말에는 묵묵부답인 채로, 이제는 내 와이셔츠 단추까지 하나둘 끌어 내리고 있었다.

"엣, 옷 갈아입기?! 집에 왔는데도 아직 교복 차림이니 이상하다는 거지?! 알겠어, 그러면 내가 직접 갈아입을 테니까! 괜찮으니까!"

"레나코."

리본만 남기고서 와이셔츠가 벗겨졌다. 속에 받쳐 입은 이너를 위로 젖혀 올리면, 그 아래엔 당연하게도 속옷. 마린 블루의 브레지어를 드러내고 말았다.

"자, 잠깐만, 마이⋯⋯."

"사랑하고 있어."

어디까지나 태연자약한 마이의 눈동자는, 별빛을 가득 담은 밤하늘 같아서 그 아름다움에 나도 모르게 숨을 삼켰다.

지금 여기에, 카펫 위에 밀쳐 넘어진 나를 마이가 내려다보고 있다. 흘러내린 금빛 머리카락은 커튼이 달린 침대를 장식하는 레이스 장식처럼 반짝이고 있었다.

"마이⋯⋯."

내 배 위를 덮쳐 누르고 있는 자세인데도 마이의 체중을 전혀 느낄 수 없었다. 그녀는 깃털처럼 가벼워서 현실 속의 사람이 아닌 것만 같았다.

위를 올려다보며 생각했다.

이 아이는 정말로 예쁘다고…….

이대로 마이한테 엉망진창으로 당하더라도, 분명 다른 사람에게 얼마든지 자랑할 수 있는 경험이 되겠지……. 그야 상대가 오우즈카 마이니까.

"벗길게."

"안 돼, 안 된다니까……."

마이의 새하얀 손가락이 내 가슴 사이로 파고들었다.

"나는, 아직, 마이랑 이런."

"줄곧 하고 싶었어, 나는."

"알고 있어…… 리스트에도 있었으니까……!"

욕망의 대박람회가 지금 내 위에 올라타고 있었다.

아니, 지금 이런 소리 하고 있을 때가 아니지.

스윽, 하고 다른 한쪽 손은 치마 아래를 향해 나아가고 있다. 히엑.

"어째서 그렇게 만지고 싶어 하는 거야…… 같은 여자잖아……."

"모르겠어."

마이는 열로 들떠있는 눈으로 나를 가만히 응시하고 있었다.

"다만 지금은 레나코의 체온을 느끼고 싶어."

손이 내 뺨을 쓸었다. 그 감촉 자체는 싫지 않았다.

누군가의 살결을 만지는 건 기분 좋은 일이다. 하지만 그걸 이런 식으로 당하게 된다면 나는 분명 마이랑 더는 친구로서 있을 수 없게 될 거라고 생각하니까.

꾸욱 하고 마이를 발로 밀어냈다.

"……싫어."

"레나코의 다리, 부드러운 데다 살집도 적당해서 멋진 촉감이야."

"사, 살쪘다고 말하고 싶은 거야?! 그야 마이처럼 늘씬하지는 않지만!"

"그조차 레나코라면 사랑스러워."

"아까부터 그렇게 쉽게 좋아한다느니, 사랑한다느니…….."

"나는 언제나 진심이야."

그러고 보니 프러포즈도 그냥 얼렁뚱땅 기세를 타서 했지.

머릿속으로 그런 생각을 하고 있었더니, 진지하게.

"나는 진심으로 너와 연인이 되고 싶어."

이번에는 서로 얼굴을 맞대고서 나온 발언이었기 때문에, 당연히 대미지도 훨씬 컸다.

……마이는 좋은 애다.

이대로 흐름에 휩쓸려 마이의 뜻대로 된다면, 나는 달라질 수 있을까.

내가 되고 싶었던 나 자신이 될 수 있을까.

하지만 그건 입장이 달라졌을 뿐이지── 결국, 스스로의 힘으로 달라진 건 아니라는 느낌이 든다.

그래서 나는 역시 마이가 내민 손을 잡지 않고서, 고개를 좌우로 저었다.

"……미안, 나는 아직."

6월이 끝나기까지 앞으로 일주일 하고 조금. 나는 진지하게 고민해서 스스로 결정하고 싶었다. 그것만큼은 분명 마이도 이해해 주겠지.

왜냐하면 마이는 내 친구니까——.

"저기 마이………… 마이?"

응? 어딜 보는.

"응?"

마이는 밀려 올라간 내 치마 안에 보이는 팬티를 응시하고 있었다.

"레나코!"

"엣, 자, 잠깐?!"

나는 바로 덮쳐졌다.

"거짓말이지?!"

"사랑한다!"

"알몸도 봤잖아! 어째서 새삼 팬티가지고 발정하는데!"

"무슨 소릴 하는 거야! 이게 다른 사람이었다면 나도『좀 조심하라고』정도로 말했을 거야. 그래, 내가 연모하는 너의 속옷이니까 특별한 거란다."

"뭘 멋진 소리인 것처럼 말하는 건데?! 기분 나빠! 학교의 슈퍼 달링 기분 나빠!"

나를 완전히 깔아뭉갠 채로 팬티에 손을 뻗어오고 있어!

"괜찮아, 레나코, 상냥하게 할게…… 그래, 오늘은 우리 둘의 소중한 기념일이야……. 후후, 사랑한다, 레나코……."

"싫―어―!"

마이는 반쯤 눈이 돌아가 있어서 이제는 아예 내 말이 들리지도 않는다. 이대로 가면 마이한테 내 정조를 빼앗겨버려. 여자끼리 어떻게 빼앗는 건지는 잘 모르지만!

"자, 잠깐, 치마 속에 얼굴 들이밀지 말아줘! 다리 벌리지 말아줘! 팬티 벗기지 말아줘!!"

"사랑하고 있어."

"이 타이밍에 말하지 마! 아니 그보다 지금 어딜 만지려고?! 히, 히익! 거긴 무리, 무리무리! 진짜로 무리니까! 햐앗?! 그만해 이 바보야―!"

그때였다.

덜컥하고 문이 열렸다.

"마이 씨, 언니, 다녀왔어!"

동생이 천진난만한 얼굴을 하고서 나타났다.

팬티를 무릎까지 내리고서 눈에는 눈물을 매단 채 쓰러져 있는 나. 치마 속에 얼굴을 처박고 있는 마이. 그리고 웃는 얼굴로 그 자리에 못 박힌 여동생.

세 사람의 시선이 얽혔다.

"……."

콰당 하고 문이 닫혔다.

마이가 천천히 몸을 일으켰다.

커흠 하고 헛기침 한 번.

"미안해, 레나코. 내가 좀 흥분해서——."

반사적으로 손이 나가버렸다.

메마른 소리가 울렸다.

나는 마이의 뺨을 후려쳤다.

"최악이야! 바보! 봐버렸잖아! 그래서 말했는데도! 바보, 바보!"

"……."

"연인 같은 건 역시 최악! 당장 나가!"

마이는 얻어맞은 뺨을 누르면서 시선을 피했다.

그녀는 그대로 일어나서 중얼거리듯이 단 한마디, "그래. 미안했다"라고만 말했다.

그리고 그런 식으로 마이를 내쫓았지만…….

"최악…………."

혼자 남은 나는 침대 위에서 무릎을 감싸 안은 자세로 쭈그려서 침울함에 빠졌다.

"내가 좀 더 확실하게 거절했으면 좋았을걸……."

그러지 못했던 이유는 친구 관계를 잃어버릴까 봐 무서웠다든가, 그런 이유가 아니었다.

아지사이 양과 함께 있을 때는 계속 마이의 얼굴을 떠올렸으면서, 마이가 마구 밀어붙이자 아지사이 양의 얼굴 같은 건 조금도 떠오르지 않았다.

단 한 순간이라고는 해도, 이 흐름에 몸을 내맡겨도 괜찮지 않을까, 그런 기분이 들고 말았다.

나는 설마하니 마이를 좋아…… 하는 게 아니라, 저기, 그게…….

"시, 신경이 쓰이는 걸지도 몰라……."

똑똑, 노크 소리가 울렸다.

"언니."

"으…………."

문 너머에서 들려오는 여동생의 목소리. 내 위기는 아직 끝나지 않았다!

한창 덮쳐지던 상황을, 그것도 동성한테 당하는 장면을 들켜버린 언니는 대체 여동생한테 무슨 말을 해야 좋을까…….

일단은 머리끝까지 이불을 뒤집어썼다. 결국 마지막 남은 내 친구는 이 아이뿐이야…… 이불 양……. 지금은 여동생의 얼굴을 보고 싶지 않아요…….

문이 열리는 소리가 났다.

"저기―……."

"언니는 지금 부재중이므로…… 용건이 있으신 분은 삐 소리가 난 후 메시지를 남겨주세요……."

아무런 의미 없이 부재중인 척 일관했더니, 시속 160km로 날아드는 철구 같은 묵직한 스트레이트가 날아들었다.

"언니는 마이 씨랑 무슨 관계야?"

토할 뻔했다.

완전히 다 봐버린 이상, 이제 부정할 도리도 없는 거 아닌가……?

끝장이다.

"그러네……. 눈으로 본 대로야."

"그렇구나……."

어째서 사람한테는 감정이란 게 있는 걸까. 어째서 나는 사람으로 태어나 버린 걸까……. 그런 걸 생각하고 있었는데.

여동생이 감탄사를 토해냈다.

"굉장해…… 뭐야, 너무 굉장하잖아!"

"……엥?"

모포 속에서 한쪽 눈만 빠끔히 내밀었다. 그러자 여동생은 얼굴을 반짝반짝 빛내고 있었다.

"그 마이 씨랑……? 어떻게 한 거야, 언니?!"

뭐야 저 눈. 저 표정.

"저, 저기…… 어쩐지 나한테 반해서……."

"언니한테?! 어째서?!"

"내가 묻고 싶어."

이건 설마하니…… 존경의 표시? 이게, 존경?

저 엄청나게 건방진 동생이 나를 우러러 받든다고……?

"굉장해……. 언니는 어차피 나쁜 남자한테 속아 넘어가서, 나한테도 돼먹지 못한 형부가 생길 거라고 생각하고 있었는데……. 마이 씨가 새언니가 된다니 완벽한 역전 홈런이잖아……."

또 쓸데없이 한마디가 많다.

아니, 그런 기대감으로 넘쳐흐르는 표정으로 나를 바라보셔도…….

언니랑 마이는 결혼 안 할 건데……?

저녁 식사 후, 여동생의 끈질긴 추궁을 피하기 위해서 욕실로 도망쳤다.

이제야 혼자 있을 수 있게 돼서 안도의 한숨을 내쉬었…… 지만, 여전히 마음은 편치 않았다. 내 안에 마이의 슬픔에 잠긴 표정이 새겨졌기 때문이다.

기세에 내맡긴 채로 한 대 갈겨버렸다…….

사실 그 정도쯤은 해줘도 싸다고 생각한다. 생각은 하지만 친구에게 손을 올리고 말았다는 사실에 대해서는 가슴이 아프다.

……그리고 무엇보다도 뺨을 맞았을 때 마이의 표정이, 외톨이가 되고 만 소녀처럼 쓸쓸해 보였어…….

하아, 어쩐지…… 죄책감이.

마이는 일부러 나를 만나러 와줬다고 했는데, 그런 식으로 헤어져 버려서. 그야 마이도 너무 지나치기는 했고, 내가 화내기 전에 그만하라고도 말했지만…….

아아 정말이지, 생각이 정리가 안 돼. 안 그래도 대인관계에 약한데 말이야.

"일단은…… 사과하는 편이 좋겠지…….."

목욕을 마치면 스마트폰으로 메시지를…….

아니, 전화로…….

……고개를 저었다.

"……직접, 말하자……."

성대한 한숨. 이것도 저것도 전부 연인 관계라서 드는 고민이다.

질투하거나, 질투를 받거나. 타인이랑 비교하면서 자신감을 잃거나. 외로워져서 만나고 싶어지거나. 거절당했는데도 미움받고 싶지는 않거나.

정말 연인이라는 건 성가셔.

"……마이."

조용히 읊조렸다. 가슴이 따끔했다.

"마이 녀석."

이 모든 게 그 녀석이 고백했기 때문이다. 그 후로 모든 게 이상해졌다.

옥상에서 친구가 된 채로 계속 이어졌다면 계속 평화로웠겠지.

그런데 나는 같은 여자애를 상대로 두근거리는 사람이 되어버려서, 친구를 사귀는 데 지장을 느낄 정도다.

따귀 한 대쯤이야 싸다고 생각해왔다.

"마이 녀석, 정말이지……."

내 안에서 슬슬 인정해 버리면 어떻겠냐는 소리가 들려왔다. 하지만 나는 고집스레 고개를 저었다.

"어쨌든, 때린 건 내가 잘못했어. 하지만 그뿐이니까."

그러니까 내 입으로 말할 리가 없다.

연인 사이도 좋은 점들이 있을지 모른다고.

혹시 나는 네가 신경 쓰이는 걸지도 몰라, 라니.

그런 말을 할 수 있을 리가.

"……하아, 정말이지."

가슴에 손을 올렸다.

"마이…… 나는 반드시 너와 친구가 될 거니까……."

입술을 살짝 씰었다.

거기에는 아직 마이의 마음이 달라붙어 있는 것처럼 느껴졌다.

월요일은 아침부터 구름이 잔뜩 껴있어서, 가슴속이 한층 더 무거워지는 것 같은 한 주의 시작이었다.

　6월 마지막 주였지만 마이랑 얼굴을 마주하기가 힘들어서 한층 더 마음이 우울하다…….

　……그런 일이 있었던 직후기도 하고.

　세면대에서 얼굴을 씻으면서 내 몸을 만지던 마이의 손가락 감촉과, 마이의 뺨을 때렸을 때 느꼈던 손바닥의 아픔을 떠올렸다.

　젠장, 사과할 거라고, 나는.

　아무리 원인 제공자가 마이라고는 해도 손을 들어선 안 됐다. 게다가 마이는 모델이니 그 얼굴은 마이의 장사 수단이다.

　내 몸을 아주 멋대로 만졌는데도 내가 사과한다니, 엄청나게 굴욕적이지만 말이지……!

　적어도 전투태세를 갖추는 의미로, 잔뜩 선물 받았던 화장품 샘플을 아낌없이 사용해서 꼼꼼히 메이크업을 갖췄다. 머리도 깔끔하게 정리해서 학교로 향했다.

　하지만 이렇게나 기합을 넣었는데도 아침부터 마이의 모습이 보이지 않았기 때문에 헛발질한 기분이 들었다.

　……아직도 일이 바쁜 걸까.

　점심시간에는 평소 모이던 멤버들과 책상에 둘러앉아 식사. 나는 마음이 반쯤 딴 데 가있는 상태로 빵을 입에 물었다.

손수 만든 도시락을 펼쳐 든 아지사이 양을 보는 것만으로도 살짝 두근거린단 말이지⋯⋯. 아지사이 양이 집에 돌아가자마자 바로 마이랑 크게 한바탕 했으니까⋯⋯.

사츠키 양은 언제나처럼 입이 짧았지만, 사츠키 양의 에너지를 대신 빨아들이기라도 한 것처럼 카호 짱이 평소보다 기운이 넘쳤다.

"카호 짱은 뭐 좋은 일이라도 있었어?"

"헤헤헤, 아 짱은 알아보겠어? 오늘 말이지, 방과 후에 말이야. 후후후."

"아, 어쩐지 연애 관련 이야기일 거 같아~."

"지금은 아직 비밀!"

둘이서 대화를 나누는 모습에, 문득 우리들의 모습을 겹쳐보았다.

이런 식으로 다시 마이와 사이좋은 관계로 돌아갈 수 있을까나.

⋯⋯아직은 알 수 없지만 그래도 나는 예전 같은 사이로 돌아가고 싶다.

예전이라는 건 어떤 관계? 같은 그룹? 아니면 친한 친구? 그것도 아니면⋯⋯?

아니 그보다 이렇게나 머릿속이 엉망인 상태인데 제대로 사과할 수 있으려나⋯⋯.

하나부터 열까지 불안했다. 나는 나 스스로한테 자신이 없으니까!

한창 그런 고민에 빠져있을 때였다.

"저기, 아마오리."

나 혼자 있게 된 타이밍에 사츠키 양이 말을 걸었다.

"학교가 끝나고 잠깐 좀 볼 수 있을까?"

어라, 드문 일이네.

오늘은 그다지 놀러 가고 싶은 기분은 아니지만…… 그래도 나는 권유받으면 거절하질 못하니까…….

위가 쿡쿡 쑤셨다.

하지만 사츠키 양의 눈은 도저히 친구에게 같이 놀자고 권유하는 눈빛이 아니었다. 아무런 감정도 담기지 않은 유리구슬 같은 눈이다.

"오우즈카 마이에게 대해서 할 이야기가 있으니까."

"어?"

사츠키 양은 도무지 알 수 없는 태도를 무너뜨리지 않고서 내 마음에 검은 얼룩을 뿌렸다.

"학교가 끝나고, **옥상에서.**"

그건 마이와 둘만의 비밀이었을 텐데도.

어………… 사츠키 양, 뭘 알고 있는 거야?!

옥상은 잠겨있지 않았다. 열쇠를 가진 사람은 나랑 마이밖에 없을 텐데…….

긴장하면서 천천히 옥상 손잡이를 돌렸다.

머뭇머뭇 옥상 안을 살짝 엿봤더니 나를 맞아주는 건 잔뜩 흐려진 하늘뿐.

……아직 안 온 걸까?

"알고 있어? 여기 자물쇠는 엄청 구식이잖아? 그래서 여벌 열쇠를 만드는 건 손쉬운 일이야."

어디서 들려오는 걸까, 옥상을 둘러보았다.

그러자 급수탑 그늘에서 사츠키 양이 천천히 모습을 드러냈다. 길게 내린 흑발과 어딘지 염세적인 눈빛에는 신비한 마녀와도 같은 분위기가 있어서, 마치 어둠 속에서 나타난 것만 같았다.

"어째서 숨어서……."

"너랑 둘이서만 있는 모습을 보여서 오해를 사고 싶지 않으니까."

"무슨 오해인가요."

"……잘은 모르겠지만."

사츠키 양은 무뚝뚝하게 말을 던졌다.

평소에는 좀 더 사교적으로 말을 걸어줬었는데 지금 사츠키 양의 태도는 어딜 봐도 친구를 대하는 태도가 아니라는 느낌이 들었다…….

어라, 나 사츠키 양한테 미움받고 있나? 나 여기서 처리당하는 거야?

몸이 떨렸다.

"그, 그보다 어째서 여기를 지정한 건가요?"

전혀 의도를 짐작할 수 없어서 나도 모르게 어중간한 존댓말이 튀어나왔다.

사츠키 양은 아무런 흥미도 없다는 듯이 옥상의 펜스를 향해 걸어갔다.

"자살 미수."

그 말에 뜨끔했다.

"친구냐 연인이냐 승부."

"저기."

"수영장 카페, 오다이바 플라자, 호텔에서 비 피하기."

"어째서 다 알고 있는 건가요?!"

설마하니 천리안? 사츠키 양은 진짜로 마녀였어?

사츠키 양이 훗, 하고 웃으면서 나를 돌아보았다. 긴 머리가 바람에 흩날리는 그 자태에, 옥상에 서 있던 마이의 모습을 한순간 떠올렸다.

이렇게 단둘이 있으니 새삼스레 실감하게 된다. 사츠키 양은 마이의 바로 옆에 서 있어도 전혀 꿀리지 않을 정도로 아름다운 사람이라는 사실을.

"글쎄, 어째서라고 생각해?"

만지면 바로 손가락이 베일 듯한 예리한 날붙이와도 같은 강렬한 미모 앞에서 나는 움츠러들었다.

"서, 설마 내 스토커……?!"

"너, 그 녀석의 자신감 과잉이 옮은 거 아니야? 괜찮아?"

"그럼 오우즈카 양의 스토커?"

사츠키 양은 끔찍한 인생에 절망한 것 같은 한숨을 내쉬었다.

"어제, 오우즈카 마이가 우리 집에 찾아와서 전부 말했어."

"전부?!"

"울면서 말이지."

"울면서?!"

마이도 우는구나…….

"울고말고. 그 녀석, 내 앞에서밖에 보여주지 않지만."

사츠키 양이 내 마음을 들여다본 것처럼 대답했다. 무서워.

"덕분에 오늘 나는 수면 부족 상태야……. 그 녀석 때문에……."

사츠키 양의 눈이 흔들림 없이 고정된 상태로 살의와도 같은 기운을 내비치고 있었다. 반사적으로 사과할 뻔했지만, 어쩐지 여기서 사과하면 불난 집에 기름을 끼얹는 짓이 될 거 같은 느낌이…….

"저기…… 걔는 어째서 그런 짓을."

"누군가한테 물어보고 싶었던 거겠지. 살짝 건드리기만 해도 와르르 무너질 정도로 약해져 있었으니."

"어째서……."

그 말을 했던 순간, 문득 깨달았다.

어, 잠깐만 기다려봐.

"전부라니…… 그, 정말로 전부인가요?"

"그렇다고 했잖아."

핏기가 가셨다.

마이가 했던 엉큼한 짓들도, 사츠키 양은 전부 들었다는 뜻?

거짓말이지.

역시나 사츠키 양도 거북했는지 시선을 피했다.

"……그, 그다지 신경 쓰지 않아도 괜찮아. 네가 어떤 취향을 가지고 있든 그건 개인의 자유고. 설령 여자끼리라고 해도 나는 그런 거에 편견 없으니까."

"지금 그런 문제가! 아니 그보다 아니라고요! 저는 그게, 거절하질 못해서……."

"그랬겠지."

"네?"

"걔가 말했어. 자기가 너를 상처 입히고 말았다면서."

"……마이."

마이의 이름을 입에 담자, 사츠키 양은 살짝 놀란 것처럼 눈썹을 치켜올리면서 나를 쳐다보았다.

하지만 그러고 나서는 다시금 성대한 한숨.

"좋아하지도 않는 여자가 자꾸 들이대서 분명 무서웠겠지, 라면서. 자기는 계속 너무 우쭐해 있었다고 말했어. 전 인류가 자신을 좋아할 거라고 믿고 있었다……는데. 이거 완전 바보 아니야? 싶었지만."

"……."

상처 입은 마이의 독백을 전해 듣자, 가슴이 아팠다.

내가 솔직하게 호의를 드러내지 않았기 때문이다.

그래서 마이를 상처 입히고 말았다.

"나는 오오즈카 마이의 말을 들으면서 계속 의문이었어."

한 박자 뒤에 사츠키 양은 눈을 가늘게 뜨고서 말을 이었다.

"어째서 아마오리일까? 하고."

바람이 강하게 불었다. 짙게 깔린 구름이 천천히 흘러가면서 그 틈 사이로 저녁 해가 비쳤다.

사츠키 양은 꼬고 있던 팔짱에 팔꿈치를 기대며 뺨에 손을 올리고서는 나를 가만히 응시했다.

나 스스로도 계속 생각해왔던 의문이지만 새삼 다른 사람한테 그 점을 지적당하니 가슴이 뜨끔했다.

사츠키 양의 눈동자는 사람의 본성을 백일하에 까발리는 거울처럼 보였다.

"아마오리는 수수한 데다 언제나 남들의 안색을 살피고 있고, 성적도 운동신경도 얼굴도 스타일도 평범해. 집안이나 타고난 무언가가 특출하게 뛰어난 것도 아니야."

무지막지한 돌직구였다.

분명 사츠키 양은 지금까지 계속 그렇게 생각했던 거겠지. 마이랑 같은 그룹이라서 상대해주고 있긴 하지만 그게 너를 인정했다는 뜻은 아니야, 라고.

"응."

하지만 나는 오히려 산뜻했다.

"알고 있어."

그야 그렇겠지.

마이나 아지사이 양이 너무 상냥할 뿐이지 사츠키 양이 평범한 거야. 그야 처음부터 내가 있을 자리가 아니었는걸.

선선히 끄덕이자 사츠키 양은 그조차도 마음에 안 든다는 듯이 눈썹을 찌푸렸다.

"그 녀석이라면 달리 더 좋은 상대들도 얼마든지 골라잡을 수 있어. 아는 연예인들도 산더미처럼 많아. 같은 반 여자애들조차도 말이지. 세나 아지사이라든가."

"사츠키 양이라든가?"

"……거기서 내 이름을 꺼내는 점이라든가."

"앗, 미안."

지뢰를 밟아버린 모양이다.

사츠키 양이 한 걸음 가까이 다가왔다.

날카로운 말들이 바늘처럼 내 목덜미를 찌르고 들어온다.

"나는 말이지. 그 녀석이 어떻게 생각하고 있는지는 모르겠지만, 나는 그 녀석을 친구라고 생각하고 있고, 나름 존경도 하고 있어. 누구보다도 가까이서 봐왔고, 그 녀석은 의외로 노력도 하고 있어."

"……."

"그래서 걔가 시시한 녀석이랑 사귀게 된다면 실망도 할 테고, 『어째서?』라고 묻고 싶어. 그래서 물어봤어. 『어째서 아마오리가 좋은데?』라고. 그랬더니."

어쩐지 그 물음에 마이가 뭐라고 답했을지 알 것 같은 기분이 들었다.

그녀는 분명 봄바람처럼 상냥한 미소를 지으면서 대답했겠지.

"『운명을 느꼈으니까』라던데."

마이가 예전에 말했다. 운명이라서 만난 게 아니라, 만났다는 사실 자체가 운명이었다고.

내 눈앞에서 팔짱을 낀 자세로 꼿꼿이 선 사츠키 양은 변함없이 굉장한 압박감을 풍기고 있었지만.

그럼에도 나는 꼭 하고 싶은 말이 있었다.

"실제로 나도 그렇게 생각했어. 나랑 마이라니, 절대로 어울리지 않는다고."

그러자 아주 선뜻.

"그랬겠지."

라며 사츠키 양이 끄덕였다.

그 즉각적인 반응에 나도 모르게 목소리가 나오고 말았다.

"어?"

"바보도 아니고 그 정도야 같이 있어 보면 알 수 있어. 아마오리는 자기 평가에 냉정하다고 해야 하나, 언제나 거북이처럼 움츠러들어 있으니까. 아무도 잡아먹거나 하지 않는데."

"지금 실제로 잡아먹으려 들고 있잖아요"라고는 말하지 못하고.

겁먹은 채로 물었다.

"저기, 사츠키 양은 역시 마음에 들지 않아? 나랑 마이가 같이 있는 게."

"……뭐야 그 역시라는 건."

질렸다는 표정이다.

뭔가 틀렸던 건가?!

"내 마음 따위는 상관없잖아. 남의 연애에 머리를 들이밀 정도로 한가하지도 않고. 하지만 오우즈카 마이는 데리고 다니는 보람이 있으니까 사귀겠다는, 그런 어중간한 마음으로 사귀어서 그 녀석한테 상처를 준다면야 역시 열받지."

다만, 하고 말을 이었다.

"아마오리는 그런 짓은 못 하겠지. 그럴만한 성격도 아니고."

"사츠키 양은 나에 대해서 잘 아는구나……."

취미는 인간 관찰입니다, 라고 말하는 타입인가……?

"그런 말 안 해."

"어째서 내 마음을 아는 거야?! 무서워!"

하지만 나도 조금씩 사츠키 양에 대해서 알 것 같은 느낌이 들었다.

사츠키 양은 미인인 데다 키도 크고, 표정이 굳어있어서 얼핏 보면 가까이 다가가기 힘들어 보이지만…… 그런 것치고는 친근하게 대해 주니까.

"……혹시 사츠키 양, 화내고 있는 게 아니었던 거야?"

"엄청 화내고 있어. 한심한 연애 얘기로 수면시간도, 공부할 시간도 빼앗겨서."

"그럼 이건 그에 대한 화풀이야?"

"반쯤은 말이지. 이제야 알아주는구나."

내가 어떤 마음으로 사츠키 양을 대해야 할지도 이제야 알 수 있었다.

지금 당장 나를 옥상에서 휙 던져버릴지도 모른다며 겁먹을 필요는 없었다.

그냥 친구의 푸념에 어울려 주는, 그런 태도로 괜찮으…… 려나.

그렇구나. 그렇다면…… 사츠키 양한테도 물어보고 싶다.

"하지만 스스로도 잘 모르겠어. 마이랑 어떻게 되고 싶다든가, 마이를 어떻게 하고 싶다든가…… 그걸 알 수 없어서 결국 어중간한 마음가짐으로 마이를 상처 입히고 말았던 걸지도 몰라."

"자기 일이잖아. 바보 아니야? ……라고 말하고 싶은 참이지만."

사츠키 양은 아픈 데를 찔린 것처럼 시선을 피했다.

"……그 마음은 알겠어. 자기 스스로도 알 수 없는 것들이 있으니까."

"사츠키 양도 있어?"

"그야 당연히 있지. 겨우 고등학교 1학년일 뿐이니까."

아주 객관적인 의견이었…….

"사츠키 양은 언제나 똑 부러지니까 손가락 끝부터 머리카락 한 올까지, 뭐든지 자기 지배하에 두고 있을 거라고 생각하고 있었어……."

"그게 가장 이상적이긴 하지만 나도 사람이니까. 오우즈카 마이가 아니니까."

"마이도 인간이잖아?!"

"아니, 그 녀석은 종족 : 오우즈카 마이니까."

그 표현 어디서 들어본 기억이……. 예전에 나도 그런 생각을 한 적 있는 것 같은데…….

딱딱한 표정을 짓고 있는 사츠키 양이 갑자기 친근하게 느껴졌다. 마이에 한해서는 나랑 사츠키 양이 똑같은 걸 느끼고 있을지도 모른다. 나는 평범한 사람이지만 사츠키 양은 평범최강의 친구, 같은 포지션으로…….

그리고 사츠키 양이 자신을 『마이의 친구』라고 말한 이상, 분명 적은 아니다.

그렇다면.

"저기, 사츠키 양. 역시 미안해."

"그건 뭐에 대해서 사과하는 거야?"

"사츠키 양이 소중하게 여기는 친구를 상처 입혀서."

"윽……."

사츠키 양은 얼굴을 찌푸렸지만 그건 방금 전과 같은 불편한 심경에서 나오는 표정이 아니라, 어딘지 부끄러움을 감추기 위한 표정이라는 느낌이 들었다.

"나는 마이한테도 사과해야만 해. 때려서 미안하다고. 용서해 줄지는 잘 모르겠지만…… 하지만 사과하고 다시 화해하고 싶어."

"……그래."

"그러니까 사츠키 양. 마이가 지금 어디 있는지 알고 있다면 가르쳐 줄 수 없을까."

사츠키 양은 옥상에서 불어오는 바람에 머리를 누르고 있었다.

구름 낀 하늘 아래서, 마녀와도 같은 인상을 풍겼던 여성은 이미 그곳에 없었다. 그곳에 서 있는 사람은 틀림없이 나와 두 달간을 함께했던 친구를 소중히 여기는 사츠키 양이었다.

"아마오리, 어쩐지 달라졌네."

"그, 그래?"

"전에는 좀 더, 자신을 비하하고 있었잖아. 딱히 그게 싫었다는 뜻은 아니지만…… 지금은 조금 마이랑 비슷해졌어. 자기가 그렇게 하고 싶다는 이유로 당당하게 밀고 나가는 점이."

"그건 싫은데?!"

나도 모르게 외치고 말았다.

사츠키 양은 거기서 처음으로 웃었다. 사람이 허둥대는 모습을 보면서 즐거워하는, 그런 심술궂은 미소였다.

"안심해. 아마오리는 그룹 안에 있을 때는 여전히 존재감이 공기니까. 단둘이 있을 때 이렇게 대화할 수 있을 줄은 몰랐어. 오늘도 분명 내가 일방적으로 얘기하고, 아마오리는 울고, 결국 어쩔 수 없이 그룹이 붕괴하는 결말이 될 거라고 생각했으니까."

"그랬구나……."

그나저나 그렇게 비장한 결의를 품고서 나를 불러냈던 거구나…….

응? 하지만 그건 다시 말하면 마이를 상처 입힌 나한테 화풀이를 하고 싶었다는 뜻이지?

마이가 슬퍼하고 있었으니까 그 원인을 제공한 내 진의를 물어본 다음, 대답이 성에 차지 않으면 따끔한 맛을 보여주겠다고 앙심을 품고 있었다는 뜻 아니야?

"어라, 사츠키 양, 마이를 엄청나게 좋아하잖아!"

"…………."

"죄송합니다."

어쩐지 당장 사과해야만 할 것 같은 분위기를 느껴서 머리를 숙이고 말았다.

"그 녀석이 어디에 있는지는 모르겠지만 뭘 하려고 하는지는 알고 있어."

"그 말은."

사츠키 양은 잠깐 동안 침묵에 잠겼다.

어지간히 말을 꺼내기 힘든 내용인 걸까.

"걔는 말이지."

지옥의 입구처럼 무겁게 입을 열었다.

"어느 정도 이야기가 일단락 된 다음에 나한테 『나를 안아줘』라며 부탁해 오더라."

············.

"뭐?!"

"응······."

아니 응이 아니라요.

"『나는 레나코를 상처 입혔어. 좋아하지도 않는 상대한테 안기는 기분을 알고 싶어. 그러니까 사츠키, 내가 좋아하는 것도 뭣도 아닌 네가 나를 안아줘. 그야 너, 나를 좋아하잖아?』"

마이가 말했을 그 대사를 한마디도 빠짐없이 암송하는 사츠키 양.

"그래서······."

"지금까지 몇 번이고 나를 업신여겼던 적은 많지만, 이 정도로 사람을 바보 취급하는 건 처음이네, 라는 말과 함께 당장 집에서 두들겨 쫓아냈던 게 오늘 아침 5시 반에 있었던 일이야."

물어보고 싶다. 사츠키 양, 사실은 마이를 어떻게 생각하고 있을까······ 엄청나게 물어보고 싶다.

하지만 물어보는 순간 그걸로 끝장. 그야말로 옥상 아래로 내던져버릴 것 같은 분위기가 느껴진다······. 마이가 없는 지금, 이번에는 나무에 걸릴 거라는 보장도 없다. 목숨과 바꿀 수는 없지…….

"수고가 많으셨습니다……."

나도 모르게 노고를 위로하는 말이 나왔다.

그리고 마이가 사츠키 양한테 안기지 않았다는 사실에 내가 몹시도 안도하는 이유는 대체 뭐야! 도무지 모르겠어!

"정말로 아주 몸도 마음도 너덜너덜해질 정도로 확 잡아먹어주면, 내 안에 쌓인 체증도 조금은 내려갈까나……. 아마오리는 어떻게 생각해?"

"나한테 물어봐도…….'

"자기 일은 자기 자신도 잘 모르는 법이네…….'

"정말 그러네요…….'

아니 지금 공감하고 있을 때가 아니지.

"그 말은, 혹시 지금 마이는."

"맞아. 그야말로『자신을 안아줄 누군가』를 찾아다니고 있지 않을까?"

"무슨 그런…….'

아연실색했다. 그러면 마이는 지금쯤, 누군지 모를 사람의 팔 안에 있을지도 모른다.

"어, 어째서 말리지 않은 건가요, 사츠키 양?!"

사츠키 양의 손을 잡았다.

"그 바보가 그 정도로 바보라면, 이젠 구제해줄 필요도 없다는 소리일 뿐이잖아."

그녀는 내 행동에 깜짝 놀라며 나를 돌아보면서도, 붙잡힌 손을 뿌리쳤다.

어라…… 사츠키 양 지금, 손이 떨리고 있었어?

"그보다 친구의 충고도 듣지 않을 정도로 제멋대로니까 한 번쯤은 아예 바닥까지 떨어져 보는 게 좋아. ……전화도 안 받고 메시지에도 답장이 없으니."

그렇게 말하는 사츠키 양의 고집스러운 옆모습을 보면서 나는 입을 다물었다.

사츠키 양도 분명 마이를 말리지 못한 걸 후회하고 있다.

나를 불러낸 이유는 반쯤은 화풀이. 그러면 다른 절반은.

……마이를 말려주길 바란다는 부탁?

"알겠어."

자신의 마음은 자기 스스로도 모른다.

정말로 그럴지도 모른다. 그렇다면.

"사츠키 양, 내가 멋대로 마이를 말리러 가는 건 내 마음이겠지."

"……그러네, 그건 네 마음이야. 하지만 괜찮아? 너는 그 녀석 때문에 험한 꼴을 당했잖아?"

"그건 뭐, 응."

내 방에서 덮쳐진 데다가, 그 장면을 여동생한테 들키게 될 거라고는 정말 생각지도 못했다…….

하지만.

내 대답은 단순했다.

"친구인걸. 서로 상처 주고, 상처받기도 하는 거잖아."

그게 내가 그리는 이상적인 친구의 모습이니까 말이야.

웃으면서 말하는 내 대답에, 사츠키 양은 웃지도 화내지도 않고서 눈을 감았다.

"그 녀석은 아주 자기 멋대로야. 남의 말을 들으려고도 하지 않아."

그럴지도 모른다. 그야 나도 엄청 억지로 키스 당했는걸.

그러니까.

"——그때는 또 한 방 때려서 그만두게 만들 테니까."

사츠키 양은 눈을 동그랗게 떴다.

"과연…… 그거라면 괜찮을지도 모르겠네."

옥상을 나가려고 하는 내 등 뒤로 "아마오리"라고 부르는 목소리가 날아들었다.

"어디로 갔는지는 모르지만 그 바보를 잘 부탁해. 자기가 생각하는 것만큼 훌륭한 여자가 아니라는 사실을 그 녀석한테 가르쳐 줘."

"응."

나는 웃으면서 브이 자를 그렸다.

"꼭 전해줄게! 고마워!"

나는 달려 나갔다.

옥상에서 뛰쳐나와서 계단을 후다닥 내려갔다.

멀리서 본다면 어쩐지 굉장히 청춘의 한 페이지 같았다. 실제로는 자포자기 상태가 된 마이를 당장 붙잡으러 가는 것뿐인데도.

하지만 포획 대상이 마이인 이상, 이건 확실히 엄청난 이벤트

일지도 모른다. 왜냐하면 상대는 이 아시가야 고등학교에서 그 누구도 붙잡을 수 없었던 사랑의 여왕님이니까.

일단 교실로 돌아온 건 좋은데, 자 그럼 어디부터 가볼까. 마이의 서식지라니 전혀 짐작 가는 데가 없다고.

"아, 레나 짱. 어서 와."

반에는 아지사이 양만 남아있었다.

다른 사람들은 한 사람도 없다니, 드문 일이다.

"아, 응. 다녀왔어. 어떻게 된 거야? 아지사이 양, 할 일이 남았어?"

"으응~ 그래서 그런 게 아니야. 다른 애들은 바로 집에 갔는데도, 레나 짱의 가방이 아직 남아있기에 기다리고 있었어."

"에엑…… 아지사이 양이 나를 기다려 줬어……?!"

이런 일이 있을 수 있나? 오늘이 내 생일도 아닌데!

거기다 아지사이 양은 가방을 든 채로 나에게 가까이 다가왔다.

"저기 오늘은 어때? 마이 짱은 쉬는 모양이니까 저번에 말했던 대로 우리 집에 놀러 오지 않을래?"

"어? 그래도 돼?!"

천사한테서 집에 초대받았다. 이건 벌써 아지사이 양과 내가 절친이 됐다는 거나 마찬가지……. 내 인생은 이 순간 보답 받았다…….

그날, SNS에서 초등학교 시절 친구들의 근황에 위기감을 느끼며, 그저 멀리서 지켜보고만 있었던 나는 더 이상 존재하지 않는다……. 여기에 있는 사람은 고등학교 데뷔를 성공적으로 해낸 잘나가는 인싸 아마오리 레나코!

어디선가 들려오는 팡파레 소리를 들으며, 나는 천천히 아지사이 양에게 다가가다가.

──우뚝 멈췄다. 마이의 우울한 얼굴이 내 발목을 잡고 있었다.

『그래. 미안했다』라고 말했을 때, 마이의 얼굴은 머리부터 찬물을 뒤집어쓴 것만 같았다. 그런 표정을 한 채로 지금도 어디선가 알지도 못하는 누군가와 함께 있는 거라면.

"미, 미안, 아지사이 양, 나."

"아, 볼일이 있었어?"

"저기, 그게…………."

무릎이 덜덜 떨렸다. 아지사이 양의 표정이 뻥 뚫린 허공처럼 눈에 들어오지 않았다.

그래, 역시 거절해야만 해. 나는 마이를 찾으러 가지 않으면 안 되니까. 마이를 말릴 수 있는 건 나밖에 없다고.

하지만 큰일이야, 머리가 어지러워.

남자 애들의 권유조차도 거절하려고 했더니 현기증을 일으킬 정도였는데, 이제 상대는 대천사 아지사이 양이다. 이 사람한테만큼은 결코 미움 받고 싶지 않은 상대.

"가고는…… 싶지만……."

나는 얼굴에 미소를 만들면서 조용히 고개를 저었다.

"레나 짱?"

으으, 가슴이 아파.

전혀 극복할 수 없었잖아, 이 트라우마!

여기서 지금 당장 웅크린 채로 쓰러져버리고 싶다. 하지만 그래서는 마이를 찾을 수 없어. 나는…….

어떻게든 고개를 들었다. 빙글빙글 돌아가는 시야 속에서 아지사이 양이 걱정스러운 목소리로 말을 걸었다.

"괜찮아? 또, 어디가 안 좋은 건…….."

"으으으…… 미안……. 나중에 또 권해줘…….."

"레나 짱, 우는 거야?!"

나 지금 울고 있었구나……. 전혀 몰랐어.

하지만 천사 아지사이 양의 권유를 거절하기 위해서는 이 정도의 각오가 필요했다.

"그렇구나, 레나 짱, 바쁜 거구나."

살짝 시무룩해하는 목소리에 머리가 지끈지끈 아파온다.

아니…… 하지만, 그렇지.

여기서 내가 똑바로 거절하지 못하는 건, 내가 아지사이 양을 제대로 믿고 있지 않기 때문에 그런 거 아닐까?

언제까지고 중학교 시절의 기억에 끌려다니는 이유는 불안하기 때문이다. 혹시 나만 따돌려질지도…… 라니, 그럴 리가 없어. 아지사이 양은 어리광쟁이에다 잘 삐지는 성격일지언정, 그런 짓을 할 친구가 아니야.

심술궂고 성격 나쁜 타천사모드 아지사이 양 같은 건 내 망상일 뿐이야!

그렇다면 내 마음을 제대로 전해야만 해.

내가 얼마나 아지사이 양과 함께 놀고 싶었는지를!

마이의 행동을 떠올렸다. 그 녀석의 좋아한다는 마음이 나에게 제대로 전해졌던 건, 우리 집에서 마이의 품에 꼭 안겼을 때부터였다.

말로는 전해지지 않는 마음을 아지사이 양한테 전하기 위해서.

눈물을 훔쳤다. 아지사이 양이 동생들한테 해주는 것처럼 나는 아지사이 양의 손을 잡았다.

"저기!"

"엣, 왜, 왜 그래?"

아지사이 양의 손을 양손으로 꼭 쥐고서.

말했다.

"나, 아지사이 양을 좋아하니까…… 정말 좋아하니까!"

"에엣?!"

내 눈앞에 있는 아지사이 양의 얼굴이 마치 잘 익은 사과처럼 빨개졌다.

"그러니까, 미안해…… 정말로, 정말로 미안해! 나도 아지사이 양과 함께하고 싶지만! 하지만 오늘만큼은 그럴 수 없어!"

"레, 레나 짱……?"

손을 맞잡은 채로 한층 더 박차를 가했다.

마치 이게 다시는 만날 수 없는 헤어짐인 것처럼. 내 마음이 전해질 수 있도록.

똑바로 시선을 마주치면서 호소했다.

"부탁이야, 아지사이 양. 이해해줘……. 나도 아지사이 양 집에 가고 싶다는 마음을…… 아지사이 양을 정말 진심으로 좋아한다는 사실을!"

"어, 라라아……?!"

"사실은 매일이라도 아지사이 양과 함께 놀고 싶어! 아지사이 양을 정말로 좋아하니까! 하지만 오늘은 아주 중요한 볼일이 있어서……. 그러니까 미안해! 오늘 일은 반드시 벌충할 테니까! 아지사이 양은 내 소중한 사람이니까!"

아무도 없는 교실이라서 다행이다. 만약 누군가 있었더라면 이 정도로 절절하게 내 본심을 토해낼 수 없었을 테니까.

"같은 그룹이 되고나서부터 언제나 아지사이 양을 귀엽다고 생각해왔어. 저번에 같이 놀았을 때도 정말로 즐거웠고, 아지사이 양은 나의 천사니까, 그러니까…… 앞으로도 계속 정말 좋아하니까!"

아지사이 양의 작은 몸을 향해 그녀를 생각하는 진솔한 마음을 남김없이 쏟아냈다.

상대를 전혀 고려하지 않은 순전히 제멋대로인 호의라도, 누군가의 마음을 움직일 수 있다는 사실을 마이를 통해 배웠으니까.

아지사이 양은 눈물을 글썽이면서도 작게 고개를 끄덕였다.

"으, 응…… 나도 레나 쨩을, 좋아, 해……."

서로의 코가 맞닿을 정도의 거리.

아지사이 양은 아무도 없는 교실에서 조용히 눈을 감았다.

그리고 저번에 샀던 여름색 립스틱을 바른 입술을 살짝 내밀었

다…….

…………어라, 뭐지 이건.

나는 일단 "저기" 하고 말을 걸었다.

아지사이 양이 눈을 번쩍 떴다. 색소가 옅은 피부가 귀까지 새빨개져 있었다.

"엣? 앗, 레, 레나 짱?"

"아니, 저기…… 아무튼 그렇게 됐으니까."

아지사이 양은 웬일로 몹시 허둥대고 있었다. 역시 나 따위한테 거절당하다니, 저렇게 당황할 정도로 예상 밖이었다는 걸까…….

아냐, 괜찮아. 내 마음이 제대로 전해졌다고 대답해줬는걸. 이걸로 나만 따돌려질 일은 없어. 응. 내가 아지사이 양을 믿어야지.

"그러니까 오늘은 사츠키 양이나 카호 짱한테라도 권유해보면…….."

"으, 응, 그, 그렇구나. 레나 짱은 바쁜걸! 응…… 알겠어."

아지사이 양의 손을 놓자, 그녀는 갑자기 손거울을 꺼내 들더니 열심히 머리를 정리하는 둥 바빴다. 역시 언제나 자신을 가꾸는 데 노력하는 아지사이 양이다.

"아, 하지만 카호 짱도 오늘은 볼일이 있다던데."

"아르바이트?"

"그게 아니라 아카사카에 간다고 말했어. 고급 호텔로 초대받았다나."

뭐야 그거. 어째서 카호 짱이…….

"응……? 그거 설마…….."

퍼뜩 깨달았다. 나는 황급히 가방을 뒤졌다. 지갑 속에서 마이가 만들어준 회원증을 꺼내 뒷면을 봤다.

"아카사카다!"

분명 거기다. 마이는 그곳에 있다.

한번 마이가 데려가 준 적 있었던 그 수영장이 있는 호텔에!

"고마워, 아지사이 양!"

"엣? 으, 으응."

또 다시 손을 잡았더니 아지사이 양은 곤혹스러워하면서도 내 손을 맞잡아주었다.

아지사이 양은 붉은 기가 도는 뺨을 부드럽게 풀며 수줍어했다.

"무슨 일인지는 전혀 모르겠지만…… 하지만 레나 쨩, 힘내."

"응! 열심히 할게!"

"다 끝나면…… 저기, 꼭 우리 집에 놀러 와 줄래? 아, 혹시 동생이 없는 날이 더 좋다거나, 그럴까나……?"

"어?"

"으으응, 아무것도 아니야! 그, 그게 아닌 거지! 그런 의미가 아닌 거지!"

허둥지둥 양손을 내젓는 아지사이 양. 그 모습은 지금 당장이라도 꼭 안아주고 싶을 정도로 귀여웠지만.

나는 창자가 끊어지는 심정으로 아지사이 양에게 작별 인사를 건넸다.

"그러면 내일 보자!"

"응, 내일 봐."

친구의 권유를 거절했는데도 이렇게나 마음이 가볍다.

그건 분명 아지사이 양이 나를 트라우마에서 구해줬기 때문이다.

역시 그녀는 헤매는 어린양을 인도하는 천사였구나.

그런데 왜 돌이킬 수 없는 실패를 저지른 것 같은 기분이 드는 걸까…… 천재일우의 기회를 날려버린 것만 같은…… 잘 모르겠네!

젠장, 마이 녀석! 아지사이 양과 놀 수 없게 된 것도 전부 너 때문이니까!

하나부터 열까지 전부 다 말이야!

마이는 사츠키 양한테 『나를 좋아하잖아?』라고 말하며 자신을 안도록 했다.

결과적으로 사츠키 양은 거절했지만, 그렇다면 분명 다음엔 확실한 상대를 고르겠지.

자기 자신은 전혀 아무런 마음도 없지만, 상대방은 나를 좋아하는 그런 존재.

그렇다면 카호 짱은 예전에 마이한테 고백한 적이 있다고 사츠키 양한테 들었으니까, 그야말로 마이가 찾는 상대로서 안성맞춤이다.

그래도 같은 동성이라는 점과, 나도 아는 상대라는 점에 살짝 안심하고 있는 나 자신…… 하지만 그게 바라지 않는 행위라고 한다면 역시 말려야만 해.

설령 손쓰기에 늦었다고 해도 마이가 상처 입을 뿐이지 죽는 것도 아니긴 하지만…… 그래도 그건 싫으니까!

전차 안에서 마이나 카호 짱한테 계속해서 연락을 넣어보고 있었지만 전혀 반응 없음.

그저 마음만 초조하게 타들어 가면서 아카사카 호텔에 도착했다. 그랬더니——.

"엉?"

호텔 로비가 우리 학교 학생들로 북적이고 있었다.

"하아?!"

대체 몇 명이나 있는 걸까. 두 손, 두 발로는 다 셀 수도 없다. 한 반 정도? 이런 호화로운 호텔에서 교복 차림으로 서성거리는 남녀 학생들의 모습에, 무슨 수학여행 같은 풍경이라 위화감이 엄청났다.

남녀 성비는 남자 학생들 쪽이 압도적으로 많았다. 8대 2정도. 학년은 1학년부터 3학년까지 골고루 분포해 있었다. 모두들 손에 봉투를 들고서 긴장한 표정이다.

그 속에서 내가 잘 아는 얼굴을 발견했다.

"카호 짱! 있다!"

"어? 우와, 레나 짱까지 왔어?!"

"까지라니 뭐야? 아니 그보다 이건 무슨 모임이야?"

인파를 헤치고서 카호 짱 곁으로 가자, 카호 짱은 깜짝 놀랐다.

"어? 모르고서 호텔에 오다니 그건 무슨 우연이래?!"

"우연이라기보다는…… 잠깐, 그 봉투 좀 보여줄 수 있어?"

카호 짱한테서 봉투를 받아 들었다. 거기에 적힌 내용은.

"뭐야 이거."

삼가 아룁옵니다.

이슬비가 내리는 여름의 끝자락.

태양이 기세를 더해가고 있습니다만

코야나기 카호 님은 몸 건강히 활약하고

계시리라 생각합니다.

다름이 아니라 이번에 저는

새로운 한 걸음을 내딛게 되었습니다.

그런고로 여러분께 앞으로도

한층 더 지도와 편달을 받고자

약소하지만 만남을 위한

파티를 개최하고자 합니다.

다망하신 중에 정말 송구스럽습니다만

부디 꼭 출석해주셨으면 하여

안내 말씀을 올립니다.

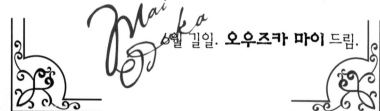

6월 길일. **오우즈카 마이** 드림.

카호 짱이 내 어깨를 쿡쿡 찔러서 카호 짱이 가리키는 방향을 보았다.

호텔 에스컬레이터 앞에는 회장 안내판이 설치되어 있었고, 거기에는 화려한 붓글씨로 이렇게 적혀 있었다.

『오우즈카 마이 • 연인 모집 파티회장』

몇 번이고 다시 읽었다.

"뭐야…… 이거…….."

"한마디로 오디션이야!"

"연애 버라이어티 방송에서 저런 거 본 적 있어……."

다시 말해 여기에 있는 우리 학교 학생들 전부, 마이의 연인이 되기 위해서 초대받은 사람들이라는 뜻……? 앗, 그래서 교실에 아지사이 양 말고는 없었던 거였나!

아니, 잘 보면 초대장을 가지고 있는 사람은 학생들만 있는 게 아니다. 그냥 호텔 투숙객처럼 보이는 사람들도 초대장을 들고 있다……. 아앗, 저런 아저씨까지?!

"뭐야, 마이는 자기한테 고백한 사람들 전원한테 초대장을 보낸 거야……?"

"아무래도 그런 것 같네! 마이의 인기 엄청나~!"

나도 모르게 마이라고 이름을 불러버렸지만 카호 짱은 전혀 눈치채지 못하고서 주먹을 꾹 쥐었다.

규모가 완전 제정신이 아니잖아. 어째서 호텔 파티 회장을 대절해서 이런 짓을 하는 거야……. 고등학생 주제에…….

그나저나 과연 그렇군……. 확실히 이만큼이나 사람들이 모이면 마이의 바람도 이루어지겠지……. 사츠키 양한테 거절당했으니까 그다음은 무차별 물량 공세라는 거네…….

그렇다고는 해도 아침 5시 반에 사츠키 양네 집에서 쫓겨났는데, 그 뒤에 바로 초대장을 만들어서 전원한테 보냈단 말인가, 마이……. 그 녀석 대체 뭐냐고…….

"카호 쨩…… 이 광경을 보고도 아직도 마이랑 사귀고 싶다는 생각이 들어……?"

교내의 여동생을 대표하는 미소녀는 일말의 망설임도 없이 고개를 끄덕였다.

"응! 그야 마이는 돈도 엄청 많고, 연예인이고, 얼굴도 예쁘잖아!"

욕망을 숨길 생각도 없었다. 카호 쨩은 의외로 속이 검었던 거야?!

여기에 모인 녀석들은 죄다 이런 사람들뿐인 거 아냐?!

"카호 쨩 미안해. 한창 기대하고 있는 그 파티, 내가 어떻게든 중지시킬 테니까……."

"어?!"

마이도 이미 이 호텔에 도착해 있는 걸까. 그 슈퍼달링을 찾아나서려고 했을 때, 카호 쨩한테 팔을 붙잡혔다.

"뭐야 그거, 곤란하다고 할까, 곤란하다고 해야 하나, 곤란해!"

"앗, 잠깐."

카호 쨩은 몸집도 작고 가볍지만, 나랑은 다르게 운동신경이 뛰어나서 나름대로 근육도 있고 힘도 세다.

그나저나 설마하니 여기까지 와서 카호 짱이 걸림돌이 되는 거야?!

"카호 짱은 저런 안내판을 세워두는 맛이 간 녀석이 좋아?!"

"유머가 있어서 좋잖아!"

"걔는 진심이야!"

"그런 점도 귀엽다는 생각이 든다고! 그 외모에 성격에 돈이라면!"

"으으윽."

안 되겠다. 집에만 틀어박혀 있던 내 근력으로는 카호 짱을 떨쳐낼 수가 없어……

이렇게 된 이상 어쩔 수 없지. 내가 자신 없는 화술로 어떻게든 하는 수밖에!

"저기, 카호 짱. 잘 들어봐."

"싫어! 안 들려!"

"여기서 오디션을 하는 거잖아? 연인으로 선택되는 사람은 이 중에서 단 한 사람뿐. 몇십? 아니 거의 백 명 가까이 되는 사람들 중에 카호 짱이 선택될 거라는 확신이 있어?"

"혹시나 여기 있는 모두가 선택될지도 모르잖아!"

"그게 제일 있어서는 안 되는 일 아니야?!"

양다리가 어쩌니 할 레벨이 아니다.

카호 짱의 양 뺨을 손으로 감싸고서 눈을 들여다보며 호소했다.

"알겠어?! 이 중에서 한 사람만 선택되는 거랑 파티가 중지되는 것 중에서 어느 쪽이 좋을지 진지하게 생각해봐!"

"으, 으응?"

"만약 파티가 중지된다면 당연히 마이는 여전히 솔로. 그러면 같은 그룹에 있는 카호 짱이 훨씬 더 압도적으로 유리하다고 생각하지 않아?!"

"핫…… 확실히!"

카호 짱의 눈이 반짝이는 별처럼 빛났다.

"이제야 알겠어?! 그렇지, 마이를 위해서라도 분명 그쪽이 낫다니깐!"

뺨에 올린 손을 떼자, 카호 짱은 나를 가만히 응시했다.

"왜, 왜 그래?"

"하지만 맨입으로는 안 되겠단 말이죠. 한 가지, 내 질문에 대답해줄 수 있을까, 레나 짱."

"상관은 없는데……."

카호 짱은 게슴츠레한 눈으로 히죽 웃으면서, 나를 품평하는 듯한 시선을 던졌다.

"예전부터 생각한 건데―."

"윽."

사츠키 양이 말했던 『어째서 아마오리?』라는 말이 다시금 떠올랐다. 카호 짱도 『우리 그룹 안에 어째서 레나 짱이 있어?』라고 생각하고 있었다면, 충격에 쓰러질지도 모른다.

하지만 카호 짱은 내 얼굴을 살펴보면서.

이렇게 물었다.

"――레나 짱 말이지, 마이를 좋아하는 거지?!"

"뭐어?!"

그런 쪽으로 질문이 들어올 거라고는 전혀 예상하지 못했다. 눈을 크게 떴다.

나는 손으로 엑스 자를 만들면서 호텔 로비에 울릴 정도로 크게 외쳤다.

"그럴 리가! 이딴 파티를 개최하는 여자라니! 무리무리!"

카호 짱은 내 반응에 만족한 모양이었다. 한바탕 폭소를 터트리고 나서는 내 어깨를 탁탁 두드렸다.

"오케이! 그렇다면 나랑 라이벌이라는 뜻이네~! 앞으로도 함께 열심히 해보자, 레나 짱!"

"전혀 이해하지 못했는데요?! 어째서?! 어째서 그렇게 된 건데—?!"

기운 좋게 손을 흔들면서 멀어져 가는 카호 짱의 뒷모습을 보자 나도 모르게 노성을 터트리고 말았다.

하지만 카호 짱은 뒤를 돌아보며 엄지손가락을 치켜세우고는 엄청나게 멋진 미소를 지을 뿐이었다.

나, 납득이 안 가……!

오오즈카 마이는 수영복을 입고서 의자에 기댄 채 앉아 있었다.

기운 없이 나른한 표정에는 묘한 색기가 감돌았고, 늘씬한 다리를 꼬고 앉은 자세에는 그야말로 우아한 아름다움이 있었다. 묶어 올린 긴 머리카락이 은하수처럼 목덜미에 치렁거렸다.

"……슬슬 개시 시간인가."

카페에 걸려있는 시계를 올려다보고서, 그녀는 살짝 열린 입술 사이로 작은 한숨을 내쉬었다.

"정말로 미안했다, 레나코……. 이런 식으로밖에 죗값을 치를 줄 모르는 나를 부디 용서해 줘."

자주색 눈동자는 지금 이곳이 아닌 다른 무언가를 보며, 얼음과도 같은 결의를 품고 있었다.

거기에──.

"──그러면 사과하러 오란 말이야!"

이 공간의 기품 수치를 마구 깎아내는 듯한 노성이 크게 울려 퍼졌다.

"우앗?"

마이는 고개를 들고서 **이제야 이쪽을 보았다.**

나는 가슴께를 손으로 가리고서 얼굴을 빨갛게 물들이고 있었다. 그렇다. 아까부터 바로 앞에 내가 서 있었는데도 전혀 눈치챌 기색조차 없었다.

"……레나코? 어떻게 여기에?"

"너를 찾고 찾아서 간신히 여기까지 왔다고!"

"아니 그보다 그 차림은 대체."

"이, 이건…… 회원증을 제시했더니 나 혼자서는 교복 차림으로 수영장에 들어갈 수 없다고 그래서, 어쩔 수 없이!"

나는 대담한 줄무늬 비키니 수영복을 입고 있었다.

수영복을 고를 시간이 아까웠기 때문에 적당히 부탁했더니, 이런 화려한 걸로 건네받고 말았다……. 단언컨대 내 취향이 아니다…….

"과연, 잘 어울려……. 사진으로 찍어둘까……. 어라, 내 스마트 폰은?"

"나도 몰라 이 바보야! 로커나 뭐 그런 데 있겠지! 얼마나 열심히 연락했는데!"

마이는 흐린 표정으로 미소 지었다.

"역시…… 화내고 있구나, 너는."

"당연하죠?! 이렇게나 사람을 고생시켰으니까 말이지?!"

큰일이다. 이래서는 대화가 하나도 맞물리지 않아.

조금 진정하도록 하자. 마이를 드디어 찾아냈다고 분노 게이지가 머리끝까지 차오르고 말았다.

다른 사람들도 눈총을 주고 있고……. 나는 마이 앞에 앉았다.

"사츠키 양한테서 이야기는 들었어."

마이는 눈썹을 찌푸렸다.

"……그건 어디까지 들었던 걸까?"

"전부."

"……그런가…… 그 녀석, 의외로 수다쟁이였군…….."

그 말을 끝으로 마이는 입을 다물어 버렸다. 뭔가 할 말을 찾으려고 해도 말 붙일 곳을 찾지 못하는 것처럼 보였다.

이번에는 내가 한숨을 내쉴 차례다.

"……저기, 이런 짓은 그만두라고, 마이."

"거절하겠어."

마이는 꼬았던 다리를 바꾸면서 나를 응시했다.

내가 거북해하는 시선. 심약한 나를 압도하는 마이의 강렬한 눈이었다.

"나는 너를 상처 입혔다."

"그, 그래서 벌을 받아야만 한다는 거야? 본인이 괜찮다고 말하는 거니까 이제 됐잖아……. 나도 뺨을 때려서 미안해."

좋아, 아주 좋아. 솔직하게 사과하는 데 성공해서 안도하고 있었는데, 정작 마이는 새침한 표정으로 고개를 돌렸다.

이, 이 자식. 어린애냐!

"그보다 그런 벌칙 같은 기분으로 남이랑 사귄다니 상대한테도 실례잖아. 연애를 할 거라면 제대로, 정말 좋아하는 사람이랑 사귀라고……."

"정말로 좋아하는 사람과는 사귈 수가 없어."

"……그건."

나를 말하는 거다.

마이의 목소리는 너무나도 차가워서 가슴이 덜컥했다.

마이를 만날 수만 있다면 그다음 일들은 어떻게든 잘 풀릴 거라고 생각하고 있었던 건, 내 일방적인 착각이었을지도 모른다.

"그러니 이제 누군가 좋아하게 될 만한 사람을 찾아낼 수밖에 없잖아. 너는 나에게서 그런 희망조차 빼앗겠다고 말하는 건가."

가슴이 옥죄었다.

"마이……."

문득, 그녀의 말이 떠올랐다.

『──연인 같은 건 될 수 없다고 거절당한 상대한테 언제까지고 계속 상냥하게 대해야만 하는 내 괴로움도 네가 알아줬으면 했던 거다.』

혹시 나는──내가 생각했던 것 이상으로──마이를 심하게 상처 입혔던 걸지도 모르겠다고, 이 순간 처음으로 깨달았다.

마이는 관자놀이에 손을 댄 채, 지극히 침착한 목소리로 말했다.

"그러니까 이제 됐어, 레나코. 고마워. 너와 함께했던 날들은 정말 즐거웠다. 마지막으로 친한 『친구』로서 부디 내가 또 다른 사랑을 성취할 수 있도록 빌어줘."

이날, 마이는 **머리를 묶고 있었다.**

완고하게 타인의 접근을 허락하지 않는 강함을 가진, 오우즈카 마이라는 우상.

그게 바로 마이가 느끼는 친구의 거리인 것이다.

"나도 너의 행복을 진심으로 바라겠어. 뭔가 곤란한 일이 있다면 언제든지 말해줘. 한 번은 진심으로 사랑했던 너를 위한 일이야. 지구 반대편이라도 달려갈게."

"잠깐만 기다려. ……그러면 나와 마이의 승부는."

"어느 쪽도 되지 못했구나."

마이의 눈동자가 덧없이 흔들렸다.

"너와 나는 이미 단순한 타인이야."

나는 손을 뻗었다.

마이는 저도 모르게 나를 돌아보았다.

"레나코──."

"싫어."

손을 뻗어서.

묶고 있었던 마이의 머리카락을 풀어 내렸다.

황금빛 광채가 춤을 추었다.

수면에 쪼개지는 빛들이 금발을 비추며, 터져 나오듯이 아름답게 빛났다.

"……레나코?"

"아직 끝나지 않았어……. 멋대로 결정짓지 말아줘."

우리들의 시선이, 드디어 하나로 뒤섞였다.

마이가 성가시기 그지없는 여자라는 사실은 이미 진즉에 알고 있었다.

하지만 말이지, 나도 할 땐 하는 여자라고.

그 정도쯤 되지 않고서야, 마이의 『친구』는 못 해 먹는다.

"사츠키 양이 말했어. 오우즈카 마이는, 스스로가 생각하는 것보다 훌륭한 여자가 아니라고. 나도 동감이야."

"설령 그 말이 옳다고 해도, 나는 최선을 다해 노력하고 있어. 사츠키가 그걸 몰라주는 건 내 본의가 아니야."

"……성욕에 저항하지도 못한 주제에."

마이의 눈빛이 달라졌다.

마치 불의의 일격에 급소를 공격당한 것처럼 이를 악물었다.

"읏! 그래서 나는 이제 두 번 다시는 너를 상처 입히지 않기 위해서! 실패하지 않으려고! 그걸 위해서 너를——."

처음으로 나는.

나 스스로 마이에게 키스했다.

잠깐 닿았을 뿐인, 한순간의 키스.

다른 손님들도 있는데 대체 무슨 짓을 한 걸까 싶었다.

하지만 마이는 겨우 그것만으로도 굳어버렸다.

"너를…… 포기하려고, 했는데……."

크게 뜨인 그녀의 눈동자에 비치고 있는 내가 딱딱한 표정으로 웃었다.

좀 더 마이처럼 멋진 미소를 보여주고 싶었지만, 정말 마음 같지 않았다.

하지만 제대로 전할 수 있었다.

"그다지 상관없잖아. 몇 번이고 실패해도. 나는 마이가 몇 번을 실패해도 반드시 받아들여 주겠다고 말했는데……. 나를 믿어주지 않은 건 마이도 마찬가지잖아."

"하지만."

마이의 어조는 누가 봐도 약해져 있었다.

그 슈퍼달링이 키스 한 번 당했다고 얌전해지다니, 어쩐지 웃음이 나왔다.

"나만 봐도 매일같이 실패만 하는 인생이라고."

"하지만 침대에 누우면 자꾸만 머릿속에 떠올라……. 너에게 뺨을 맞았던 그 순간이."

"그것도 예전에 말했어. 바로 그게 침대 속의 성대한 반성회잖아. 나는 매일 밤 한다고."

마이의 이마에 내 이마를 맞대고서 타이르듯이 말했다.

"미안, 나도 좀 더 빨리 말했어야만 했어. 공평하지 않았지. 그러니까 미안해. 나도 잘못했어."

"뭘……?"

부끄러워.

"사실은 나…… 마이가 제법 마음에 들어."

"…………그 말은?"

만약 평소 같은 마이였다면 결코 말하지 않았을 사실이지만.

……오늘은 어쩔 수 없지. 나한테 농담 한마디 던지지 못할 정도로 약해져 있는 것 같으니까.

"마이한테 키스 당한 이후부터…… 마이를 연애 대상으로서 의식하고 있다는 말이야…….."

슬쩍 마이의 모습을 살폈다.

그녀는 얼굴을 붉게 물들이고 있었다.

"그런, 거야? 나를 미워하게 된 게 아닌 건가? 그래서 때린 거잖아?"

"그거야 마이가 너무 지나쳤으니까…… 좀 더 때와 장소를 구별해줬으면 좋겠어."

"믿을 수 없어."

마이는 손바닥에 얼굴을 묻었다.

"나는 이제는 모든 게 다 틀렸다고 생각해서."

"한 번 다퉜을 뿐이잖아…….."

그녀의 아름다운 목소리가 떨려왔다.

"좀 더."

"어?"

"내가 확실히 믿을 수 있도록 말해줘. 좀 더."

"으에에? 그건 좀 부끄럽다고 해야 하나."

마이가 나를 가만히 응시하고 있었다.

의지할 곳을 찾아 매달리는 연약한 눈길로.

치, 치사해.

"……아 정말이지, 알겠다고. 마이."

그런 표정을 지으면 거절할 수 없다.

정말이지 진짜.

"처음에는 계속 엄청난 미인인 마이한테 겁먹고 있었을 뿐이지만 말이야……. 우리 집에서 포옹했던 순간, 혹시 정말로 단순히 내가 좋아서 저러는 걸까, 하는 생각이 들어서."

이 한 달간 있었던 일들을 거슬러 올라갔다.

나랑 마이가 연인이자, 친구이기도 했던, 이 6월을.

"그리고 둘이서 오다이바에서 신나게 놀고서, 그다음 호텔에서…… 그런 짓을 당해서 말이지. 의식하게 되는 것도 당연하잖아. 나도 처음이었던 데다, 마이를 떠올리게 될 때마다 두근두근거려서……."

나도 참, 어째서 수영복 차림으로 이런 소리를 털어놓고 있는 걸까.

너무너무 창피해서 마이의 얼굴을 쳐다볼 수가 없었다.

"해외로 떠나기 전에 잠시 동안 우리 둘만 있게 되었을 때도, 서둘러 귀국해서 나를 만나러 와줬을 때도, 아마도, 분명, 기뻤다고 해야 할까…… 응, 기뻤어."

몸이 너무 뜨거워서 타오를 것 같았다.

"그러니까 마이한테 밀려 넘어졌을 때도, 사실은 마음속 어딘 가에서 그다지 상관없다는 생각이 들었다고 할까……. 그대로 흐름에 휩쓸려도 분명 그다지 후회하지 않았을 테니까 그랬겠지. 그래서 그런 식으로 어중간하게 받아들이는 바람에 우리 둘 다 상처입고 말았던 거야."

이것도 저것도 전부, 내가 내 안의 연심을 숨기고 있었으니까.

"미안해, 마이. 제법…… 좋아해, 마이를."

내 입으로 꺼내보니 그 말이 가지는 무게에 몸이 부르르 떨렸다.

『친구』에게 하는 게 아닌, 『연인』에게 처음으로 고백하는 내 진짜 마음이다.

"저기――…… 이제는 역시 슬슬 한계입니다만, 이제 됐을까――……?"

안색을 살피는 것처럼 조심스럽게 고개를 들어 올렸다.

그랬더니 마이는 여전히 고개를 푹 수그린 채였다.

"레나코…… 나는 그런 너를 상처 입히고 말았어."

이만큼이나 말했는데도 전해지지 않았다는 거야?!

"아 진짜!"

이제 좀 적당히 하라는 마음에.

나는 마이의 손을 꽉 잡고서 일으켜 세웠다.

"저기, 마이. 나는 마이처럼 옥상에서 떨어지는 사람을 구해내거나 하늘을 나는 일은 할 수 없지만 말이야."

“어?”

“하지만 함께 비를 맞거나, 같이 젖거나, 잠수하는 정도는 할 수 있으니까. 일방적으로 지켜주거나 보호받는 그런 게 아니라고. 그게 마이가 말하는 『연인』이자 내가 말하는 『친구』잖아!”

마이의 손을 잡아끌고서 수영장까지 다가간 나는.

“네가 오우즈카 마이라면—— 내가 바로 아마오리 레나코니까!”

딱 잘라 말하고서 마이와 함께 물속으로 뛰어들었다.

첨벙, 하고 물보라를 일으키며 우리들은 물속에 잠겼다.

바람에 흩날리는 솜털처럼 퍼져나가는 마이의 머리카락. 그녀는 물속에서 깜짝 놀란 듯이 눈을 크게 뜨고서 나를 바라보고 있었다.

여기라면 아무도 보고 있지 않아. 부끄럽지 않아.

그래서 나는 마이의 두 뺨을 손으로 덮고서 키스했다.

중력을 느낄 수 없는 푸른 세계 속, 우리들은 잠시 입맞춤을 나눴다.

마이도 내 등에 손을 감고서, 마주 끌어안은 채 우리 두 사람은 하나가 되었다.

그리고 수면 위로 고개를 들었다.

다시 말을 되찾았다.

하지만 이제는 분명, 꼭 해야 할 말 같은 건 남지 않았으리라.

"전해졌겠지…… 마이."

머리카락을 쓸어 올리면서 묻자, 마이 또한 고개를 끄덕였다.

"아아."

시원한 물의 온도에 맞서는 것처럼 마이의 몸은 뜨거워져 있었다.

젖은 머리카락이 몸에 달라붙자 황금빛 드레스를 몸에 걸친 듯이 아름다웠다.

마이는 내 가슴에 가만히 얼굴을 파묻으면서.

"네 마음이 전해졌어. 정말로, 고마워."

"응…… 다행이다."

……고동치는 내 심장소리까지 마이한테 전해지고 있다면 좀 부끄럽네.

하지만 정말이지 수고를 끼치기는.

"……어리광쟁이라니깐, 마이."

"후후…… 그렇구나, 그런 걸지도 몰라. 이게 내가 말하는『연인』이고, 또한 네가 말하는『친구』였구나."

"뭐어."

분명 친구끼리 키스 같은 걸 하지는 않겠지만 말이지……!

마이는 내 얼굴을 향해서 천천히 손바닥을 가져다 대었다. 눈이 가려지는 바람에 앞이 보이지 않았다.

"어, 잠깐 뭐야."

"하지만 나는 오우즈카 마이다."

알고 있어.

"여기서 너에게 눈물을 보여줄 수는 없어. 잠시 동안만 이대로 있어 줘."

"어…… 괜찮긴 한데……."

뭐야 그 자신만의 룰은.

정말로 성가신 녀석이야.

어쩔 수 없지. 이런 여자가 마음에 들어 버린 건 나니까.

"저기, 레나코."

"뭡니까~."

"방금 전에도 말했지. 너는 침대 속에서 싫은 일들을 떠올리는 걸 매일 밤 하고 있다고."

"응."

"굉장하구나, 내가 아닌 사람들은……. 밤이면 밤마다 그런 생각을 하면서 잘도 살아갈 수 있어."

"지금 그 말에 죽고 싶어졌는데?!"

손바닥이 떨어지자 빛이 쏟아져 들어왔다.

태양과도 같은 아름다운 반짝임이 비쳤다.

그건 마이의 미소였다.

"그래서 너는, 그렇게나 상냥하고, 강한 거겠지."

"……그건."

눈을 피했다.

"반칙이야……."

"후후."

뭐, 괜찮지만……. 마이가 다시 기운을 차렸다면야.

"그러니까 아직 승부는 끝나지 않았어. 앞으로 1주일밖에 남지 않았지만."

"알겠다. 얼마든지 상대해주겠어."

마이는 수영장 사이드에 걸터앉았고, 나도 그 옆에 나란히 앉았다.

맞잡은 손은 연인의 손깍지를 하고 있었지만, 지금만큼은 그 손가락의 감촉이 기분 좋았다.

나도 웃음이 새어 나왔다.

"승산이 생겼다는 걸 깨닫자마자 기운을 차리다니 말이야. 참 속물적이네."

"기쁜 거야. 운명의 네가 이렇게 공주님을 맞이하러 와줬으니까."

저런 아니꼬운 대사가 잘 어울리는 마이도, 눈물을 보이고 싶지 않아서 손바닥으로 눈을 가리는 마이도, 어느 쪽이든 내가 좋아하는 마이란 말이지.

……사귄다든가, 사랑한다든가, 그런 건 솔직히 말해서 아직도 잘 모르겠지만.

"그러면 이걸로 화해한 거라고 봐도 괜찮은 거지."

"그래, 화해했다. 나는 너를 상처 입혔다. 너는 나를 때렸다. 피차 마찬가지라는 걸로 물에 흘려보내지 않겠나."

"응."

나는 안도의 웃음을 지었다.

다행이다. 정말로 다행이다.

안도했더니 갑자기 현실적인 문제가 닥쳐들었다.

"맞다! 그러면 만남 파티도 취소지? 모여든 사람들은 어쩔 거야. 저렇게나 잔뜩 모였는데."

"사정을 설명하고 돌려보내겠어. 나는 이제 기운을 차렸으니 필요 없다고."

"너무한 거 아니야?!"

내가 그렇게 외치자, 마이는 그 누구보다도 그녀다운, 아주 제멋대로인 웃음을 지었다.

"무슨 소릴 하는 거야. 그들은 당연히 기뻐하겠지. 뭐가 어찌됐든 그들이 정말 좋아하는 바로 이 내가 기운을 되찾은 거니까. 당연하잖아?"

이 자식…….

정말 어디까지고, 누구보다도 오우즈카 마이인 여자!

수영장에서 나온 마이는 내가 명령한 대로, 마지못해 사람들 앞에 서서 사과했다.

그런 다음 어째선지 마이가 "사과의 뜻으로 내가 한 곡 노래하지"라면서 기타를 켜며 노래하자, 마치 라이브 회장을 방불케 할 정도로 뜨겁게 달아올랐다.

마이의 가창력은 프로 수준이었고, 제일 앞줄에서 나눠 받은 팬 라이트를 흔들고 있는 카호 짱을 지켜보며 나는 질린 목소리로 중얼거렸다.

"뭐야, 이게……."

에필로그

하여튼 그러고 나서도 여러 가지 일들이 있었다.

사츠키 양에게 마이랑 무사히 화해했다는 사실과 마이의 정조가 무사하다는 사실을 전하자, 그녀는 『그래, 잘됐네』라고 짧게 대답했다.

무뚝뚝한 사츠키 양의 퉁명스러운 대답 속에서 그 심정을 추측해 보는 건 엄청 어려운 일이지만, 분명 사츠키 양도 안도하고 있는 거겠지.

『이러니저러니 해도, 사츠키 양은 마이를 참 좋아하는걸!』하고 웃으면서 놀려봤더니, 사츠키 양이 문고본 모서리로 때렸다. 아직도 사츠키 양을 상대하기엔 어려운 것 같다.

카호 짱은 여전히 나와 마이의 관계를 오해하고 있고, 아지사이 양네 집에는 아직 놀러 가지 못했다. 사츠키 양과 마이는 지금도 냉전 상태다.

우리 다섯 명은 겉으로 보기엔 예전처럼 돌아온 것 같지만, 사실 그 속은 엉망진창인 상태였다.

그래도 그날 내가 침대 속에서 들여다봤던 SNS의 즐거워 보이는 풍경들에도, 분명 그 웃음 뒤로는 여러 가지 사정들이 있었을 거라고 생각한다.

나는 사츠키 양과 얽히고, 아지사이 양과 친구가 됐고, 카호 짱한테는 오해를 샀고, 그리고 마이와 다퉜다.

필사적으로 그 자리를 유지하기 위한 학교생활이 아니라, 이제야 드디어 진정한 의미에서 고등학교 데뷔를 이룬 걸지도 모른다.

그런 느낌으로……

드디어 6월의 끝.

나와 마이의 승부의 결말이 눈앞으로 다가왔다.

사실은 다들 옥상 열쇠를 가지고 있다는 이야기를 사츠키 양한테서 들었기 때문에, 우리들은 다른 장소에서 몰래 만나기로 했다.

그건 바로—— 마이네 집이다.

성이 아닐까 싶은 무지막지하게 커다란 맨션. 마이는 거기서 꼭대기 층인 25층 펜트하우스에 살고 있었다. 주차장에서 이어지는 전용 엘리베이터가 있었고, 엘리베이터에서 내리면 바로 방으로 연결되어 있는 그런.

그저 웃음밖에 안 나와. 정작 내 얼굴은 웃지 못했지만.

"엄청나……"

내가 지금 얘한테 대쉬 받고 있다고? 역시 몰래카메라 아닐까?

카호 짱의 『얼굴! 돈! 폭력!』이라는 외침이 머릿속을 둥둥 울렸다.

"무슨 일이야? 응접실은 이쪽이다만."

"응접실이 따로 있는 집, 처음 봤어……"

학교를 마친 뒤라서, 먼저 일찍 귀가한 마이는 편한 복장으로 갈아입고 있었다. 실크로 보이는 셔츠에, 슬림한 바지. 머리카락은 물론 예쁘게 풀어 내리고 있었다.

마치 댄스 플로어처럼 넓은 방을 지나쳐서 응접실로 향했다. 윽, 복도에 그림이 장식되어 있는 데다, 비싸 보이는 항아리도 전시되어 있어…….

"어쩐지 마이의 배 속에 삼켜진 것 같은 기분이야……."

"아하하, 언제나 함께 있을 수 있겠구나."

"사이코패스냐?!"

행복한 듯이 자기 배를 쓰다듬는 마이를 향해서 저도 모르게 비명을 지르고 말았다.

응접실에는 커다란 소파 두 개가 테이블을 사이에 두고서 놓여 있었다. 마이가 앉아있는 소파 반대편에 앉으려고 했더니, 마이가 손을 잡아끌었다. 그 손에 이끌려서 마이의 옆에 앉았다.

"일적인 대화처럼 앉을 필요는 없잖아. 너는 내 옆이 좋아."

"으, 으응. 괜찮긴 한데……."

너무 거리가 가까워서 진정되질 않는다. 게다가 여전히 한 손은 내 손을 쥐고 있고, 다른 한 손은 치마 위를 통해 내 허벅지에 착 달라붙어 있었다. 무슨 무릎 위 샴 고양이가 아니라고.

"그나저나 집에 다른 분들은?"

"도와주시는 분들이 두 분 있지만 지금은 외출 중이야. 마마는 돌아오시지 않아. 바란다면야 오늘 밤 내내 단둘이서도 있을 수 있는데."

"아뇨, 괜찮습니다! 얘기를 마친다면 바로 물러갈 테니까요!"

"뭐야, 쌀쌀맞구나."

히익, 목덜미에 키스 당했다.

"스, 스톱! 스톱! 앞서나가면 안 돼! 일단은 이야기부터!"

마이의 손을 뿌리치고서 주먹 두 개만큼 거리를 벌렸다. 마이는 유감스럽다는 듯이 어깨를 움츠렸다.

"그러면 본론으로 들어가 볼까. 이 한 달 동안 여러 가지 일들이 있었구나."

"그, 그러네."

"비슷한 기간 동안 친구 사이와 연인 사이로 지내봤다만."

"그건 거짓말이야! 그 소동이 있고 나서 계속 머리를 풀고 있었잖아?!"

"우리 둘 다 피차 못 해본 일들이 잔뜩 남아있구나."

"나만 산더미라고! 친구 기간이 너무 짧아서! 어이, 무시하지 마!"

마이는 변함이 없었다. 정확히는 나도 마이를 의식하고 있다는 걸 알게 된 후로는, 한층 더 까부는 느낌이다.

아무리 마이를 위한 일이었다고는 하지만 그렇게 좋아한다는 소리를 남발하는 게 아니었다. 이제 와서 후회해봤자 늦었지만!

"자아…… 그러면 바로."

마이는 손을 내 쪽으로 향하며 대답을 재촉했다.

"너의 대답을 들려줘."

"……응."

드디어 이날이 찾아왔다.

마이는 이미 자신을 선택할 거라고 확신하는 것처럼 웃고 있었다.

내가 마이한테 잔뜩 몸을 농락당하고, 직접 나서서 키스까지 한 이 마당에 어째서『친구』를 선택할 필요가 있지? 하고.

하지만 나는 내 마음에 거짓을 고할 생각은 전혀 없으니까 말이야.

마이를 분명하게 믿고 있으니까.

"저기."

"그래."

"역시 나는…… 아직 연인은 잘 모르겠어."

마이의 미소에 쩍 하고 금이 갔다.

의외의 사태에 놀라고 있었다.

"뭐라고……? 이렇게나 내 마음을 훔쳐 가 놓고서. 너는 팜므 파탈인가……?"

"아니 그게!"

양손을 뻗었다.

"오해가 없도록 말해두겠습니다만 딱히 마이를 가지고 놀고 있는 게 아니야."

"내 연인 탐색을 중단시켰으면서……."

"그건 당연한 거잖아! 마이가 진짜로 좋아하는 사람과 제대로 사귀겠다고 말한다면야 나도 당연히 응원할 거야! ……아마도."

눈을 피한 채로 입을 비죽이면서 말하자 마이가 한숨을 내쉬었다.

"나를 흥분시키는 그런 표정을 내 앞에서 보여 놓고서……."

"멋대로 흥분한 건 그쪽이잖아! 내 탓이 아니야!"

애초에 이것도 저것도 전부 마이 탓이다.

"친구끼리 하고 싶은 일들은 아직도 산더미처럼 남아있다고! 그런데 마이가 전혀 머리를 묶고 오질 않으니까!"

"연인이 된 다음에 하면 되잖아!"

"무리라고!"

"어째서?!"

"그야."

거기서 내 기세가 딱 멈췄다.

"……그야?"

마이가 되묻자 얼굴이 뜨거워졌다.

그야 분명 연인이 되고 나면 마이한테 미움받고 싶지 않은 마음에, 친구끼리의 자연스러운 명랑한 분위기 같은 것도 혹시나…… 불가능해질지도 모르고.

거기다 마이가 다른 누군가랑 있을 때는 질투하기도 하고, 일 때문에 해외로 나가서 오랫동안 만날 수 없는 시간이 이어진다면 외로워서 울어버릴지도 몰라.

여러 가지 것들이 지금과는 크게 달라져버려.

학교생활을 보내는 것만으로도 벅찬 미숙한 나로서는 분명, 아직은 그걸 견뎌낼 수 없다.

그러니까.

"……나는 마이랑은 친구가 좋아."

"……."

그렇게 말했더니.

마이는 조용히 이 결과를 받아들인 표정이었다.

"그런가."

그 목소리는 지금까지 들었던 것 중에서도 가장 아무런 감정도 담겨있지 않은 읊조림이었다.

"그렇지만."

담담히 고개를 끄덕이는 마이에게 나는 고개를 푹 숙인 채 작은 목소리로.

"마이를 좋아하기도 하고…… 친구로서, 마이가 하고 싶은 것들을 하게 해주고 싶으니까…… 그게……."

눈으로 살짝 올려다보자, 마이는 눈을 끔뻑이고 있었다.

"그게?"

"그래서 그게…… 친구 이상, 연인 미만이라는 걸로! 어때!"

나 스스로도 말도 안 되는 소리를 하고 있다는 걸 알고 있기 때문에 기세로라도 밀어붙이려고 큰 목소리로 말했다.

"일단은 마이한테 달리 좋아하는 사람이 생길 때까지! 우리들은 친구에서 연인 사이의…… 맞아, **레마 프렌드가 된다**! 어떨까!"

"레마 프렌드."

"레나코와 마이의 새로운 관계성…… 이라는 뜻으로……."

무진장 썰렁해진 분위기 속에서 흐르는 침묵이 괴롭다.

"그건."

마이는 턱을 긁적였다.

"……너무 포기가 느린 거 아닌가?"

"으윽."

그 말대로다.

나에게는 아직 이 앞으로 나아갈 용기도, 자신감도 없다.

고등학교 데뷔를 했을 때는 나 자신을 갈고닦을 시간이 얼마든지 있었지만…… 역시나 한 달 가지고는 너무 짧다. 이렇게나 갑작스레 달라질 수 있을 정도로 요령이 좋지 못했다.

그래도 말이야, 이번 사건에선 마이를 집요하게 쫓아가서 화해하기도 했고, 나 스스로도 제법 노력했다고 생각한다고.

그러니까 어쩌면.

언젠가는 마이와 함께 이 앞으로 나아갈 수 있을지도 모르니까.

마이가 말하는 『연인』이 나한테도 괜찮다고 생각하게 될지도 모르니까.

그런고로──.

"어떨까요……."

슈퍼달링에게 『보류』를 제시하다니, 이런 황송하기 그지없는 짓을 하는 무례한 자는 온 세상을 뒤져봐도 분명 나 말곤 없겠지…….

"설마 친구도 연인도 아닌, 제3의 선택지를 제시할 줄이야."

"너, 너도 그랬었잖아……. 한번은 『너와 나는 이미 단순한 타인』이라면서……."

마이는 손바닥에 얼굴을 묻었다.

"……기, 기가 차서 말도 안 나온다는 느낌? 그러면 그, 역시──."

"아니."

마이는 내 말을 가로막았다.

"솔직히 내 생각대로는 되지 않았던 데다, 너를 완벽히 함락시키지 못한 건 내 능력부족이다. 나도 꽤나 폐를 끼치기도 했고 말이다. 그러니까 어쩔 수 없지."

예상치 못하게 마이는 정면에서 나를 끌어안았다.

"히엑."

"정말이지, 너만큼이나 어려운 상대는 내 인생에서 처음이야. 정말 재밌는 애구나."

"아니, 저기 우리들 레마 프렌드니까 이런 짓은 좀."

"친구인데도 내가 하고 싶은 건 하게 해준다고 했지. 그걸 세간에서는 섹프라고 말하지 않던가?"

"아니, 우리들의 관계를 뭐라고 이름 지을지는 우리들이 정할 일이니까!"

키스 당하기 직전에 회피했다.

"……흠, 과연 그렇군."

"앗, 잠깐, 귀는 반칙 아냐?!"

피한 자세 그대로 귀를 살짝 깨물렸다. 히, 힘이 빠진다!

"어느 한쪽으로 확실하게 정하지 못한 너도 아직 상당히 찜찜한 기분이 남은 모양이니까. 그러면 다시 한번 승부하지 않겠어?"

"스, 승부?"

귀에다가 숨결을 불어넣지 말아줬으면 한다. 오싹하니까.

"그래, 너는 레마 프렌드를 주장하고, 나는 다시 한번 연인이 될 수 있도록 노력한다. 나는 아직까지 너를 포기할 생각이 없으니까. 기한은…… 그렇지."

마이는 내 눈앞에서 미소 지으며.

"우리들이 졸업하기 전까지로 하는 건?"

나는 그 미소에 꿰인 듯이 꼼짝도 할 수 없었다. 마이가 발산하는 압도적인 분위기에도 이제는 조금은 버틸 수 있게 됐다. 하지만 대등하게 맞서기엔 아직 먼 모양이다.

"아, 알겠어. 좋아. 받아들이겠어. 그보다 나는 이미 연인 같은 것보다도 무조건 친구 관계인 게 좋다는 걸 잘 알고 있으니까 말이지."

그렇게 말하는 도중에 갑자기 휙 하고 몸이 떠올랐다. 마이가 내 몸을 안아 올렸다.

공주님 안기다.

"엇, 잠깐?"

마이는 나를 안은 채, 어딘가로 걸어가기 시작했다.

"뭐, 뭐야뭐야?! 무서운데요!"

버둥버둥 몸부림치다가 떨어질까 무서워서 그저 떨고만 있었더니, 마이의 걸음에 이끌려 마침내 쿠션처럼 푹신한 무언가 위에 안착했다.

그건 엄청나게 커다란 침대 위였다.

침대…… 침대?

"어, 뭐야 이거, 만화처럼 커튼이 달린 침대!"

"내 침실이야. 자 그러면 바로 승부를 시작해 보도록 할까. 연인의 금슬부터 말이지."

"너무 빠르지 않나요?!"

마이가 내 리본을 풀어내려고 손을 뻗었다.

"기한은 졸업할 때까지지만, 오늘 하루 만에 결착을 내주지."

자신만만한 웃음이 내 시야를 가득 메웠다.

직후, 내 입술은 부드러운 감촉에 막혔다.

오랜만의 키스는 달콤하고, 마이의 맛이 났다.

"저, 저기……."

"참고삼아 레마 프렌드라는 건 어디까지 가능하지?"

"키스까지! 아니 친구끼리의 뽀뽀까지려나!"

마이는 거침없이 내 셔츠의 단추를 한 개씩 풀었다. 야 임마!

"과연. 그러면 아무리 생각해도 연인 사이인 쪽이 좋은 거 아닌가?"

"너야 그렇겠지만!"

속옷이 드러나는 바람에 손으로 황급히 가슴을 가리려고 했지만, 부드럽게 제지당하고 말았다.

앗, 이거 저번이랑 똑같은 전개다! 휩쓸린다!

"나는 그렇게 쉬운 여자가 아니니까!"

그렇게 입으로는 잔뜩 허세를 부렸지만.

"레나코는 정말로 귀엽구나."

"아뇨아뇨, 아뇨아뇨아뇨……."

엄청나게 부끄럽다.

"안 돼, 안 돼 안 돼! 아직 연인이 아니야! 오늘은 유예기간! 승부는 내일, 7월부터니까!"

"……그런가."

그러나 마이는 선뜻 손을 멈췄다.

의외라는 생각에 돌아보니, 여유로 넘치는 미소를 짓고 있었다.

이, 이 자식……

"해주길 바란다면 얼마든지 해줄 수 있는데 말이야."

"꼬드길 생각이냐!"

내 온몸을 감싸 안듯이 끌어안으면서 마이는 내 귓가에 속삭였다.

"내 연인이 된다면 매일 이런 일상이 이어질 거야. 너만을 바라보고, 너에게만 사랑을 쏟는 매일이야. 언제까지고 이 침대 위에서 단둘이, 흘러가는 시간도 잊고서 알몸으로 서로를 품에 안지 않겠어?"

"이, 이런 걸 매일……"

마이의 완벽한 얼굴을 올려다보며, 나도 모르게 침을 삼켰다.

마이가 그런 행복을 선사한다면 내 머리가 어떻게 되어 버릴 것 같다.

나는 침대 시트를 잡아당기면서 외쳤다.

"그러면 역시 친구가 아니고서야 무리!"

이렇게 나와 마이의 승부가 끝났다…….

그리고 또다시 새로운 싸움이 시작된 것이다.

후기

평안하세요, 미카미테렌입니다.

이번에 처음으로 상업 소설로 여자아이들의 연애 이야기를 쓰게 되었습니다.

GA문고에서 2월 14일 날 발매한 『여자끼리라니 말도 안 된다고 주장하는 여자애를 100일 안에 철저하게 함락시키는 백합 이야기』가 동인지로 시작했던 점을 생각해 보면.

본격적으로 상업 소설에 참전한 건 이번 작품 『내가 연인이 될 수 있을 리 없잖아, 무리무리! (※무리가 아니었다?!)』 약칭, 『와타나레』가 되겠네요!

그나저나 귀여운 여자애가 사랑을 하는 모습은 참 귀엽지 않습니까? (귀여워)

부끄러움에 뺨을 붉히거나, 좋아하는 애를 위해서 노력하거나, 참 귀엽죠. (귀여워)

그렇다면 귀여운 여자애가 귀여운 여자애를 사랑한다면 두 배로 귀여운 거 아니야……?! 그렇게 아르키메데스도 깜짝 놀라서 유레카를 외칠 만한 생각을 체현한 게 바로 이 작품입니다.

실제로 여자애들 또한 귀여운 여자애를 좋아한다고요.

반에서 인기 있는 그 아이나 TV에서 본 예쁜 여배우, 아이돌. 밝고 상냥한 그런 아이와 친구가 된다면 매일매일 얼마나 즐거울까.

아니 하지만 잠깐 기다려. 그렇다고 나한테 이렇게 호의를 향하는 건 좀 다르지 않아?! 하고.

그런 주인공의 최후의 발버둥…… 이 아니라 신념을 관철하는 모습을 잔뜩 담아내보았습니다.

본 작품은 이상적인 친구를 원하는 주인공 레나코와 이상적인 연인을 원하는 마이가 서로 엇갈리면서도 타협점…… 이 아니라 두 사람에게 있어서 최고의 해피 엔드를 목표로 하는 이야기입니다.

물론 서로가 양보할 수 없는 것들이 잔뜩 있습니다. 그렇기 때문에 조금이라도 상대방을 자기 쪽 진지로 끌어들이기 위해서 한바탕 줄다리기가 벌어집니다만…….

그렇습니다, 이 마이라는 녀석, 줄다리기에 엄청 강해. 아니 정확히는 인간성능이 너무 높아. 미인에다 카스트의 정점. 완벽한 SSR. 본래 같으면 레나코 정도로는 상대도 안 됩니다── 만!

레나코한테는 딱 한 가지 강력한 무기가 있었습니다.

그래요, 그건 바로 상대를 홀리는 것!

……이 아니라 뭐라고 해야 하나, 용기라든가, 포기하지 않는 마음이라든가, 주인공이 지녀야 할 뭐 그런 것들입니다. 레나코한테 그런 게 있었던가……? 아니 그건 읽어주신 독자분들이 판단해 주세요!

2020년. 시대도 원호도 바뀐 이 타이밍에 조금 독특한 이 러브 코미디를 너무 깊게 생각하지 마시고 재밌게 읽어주실 수 있었으면 좋겠습니다!

갑자기 진정됐기 때문에 언제나처럼 감사인사입니다.

이번에 선뜻 일러스트를 맡아주신 타케시마 에쿠 씨, 정말로
감사드립니다. 먼 옛날부터 팬이었습니다⋯⋯. 마이의 고저스 &
큐티한 디자인. 또한 이 세상 어딘가에 있는 아마오리 레나코를
정확히 묘사해서 그린 것만 같은 존재감이 느껴지는 레나코⋯⋯.
사랑스러운 캐릭터들까지 정말 좋아합니다.

또 저를 이곳으로 권유해 주신 편집 K하라 씨. 상업에서 백합
에 도전하는 걸 망설이고 있던 제 등을 밀어주셔서 정말로 감사
합니다. 언제나 신세만 지기 일쑤입니다만 덕분에 멋진 일들이
잔뜩 있었습니다. 앞으로도 잘 부탁드립니다.

그리고 이 책이 만들어지기 위해서 힘써주신 많은 분들. 더욱
이 평소부터 저를 지탱해주셨던 여러 작가님들, 정말 감사드립니
다.

그리고 무엇보다도 이 책을 손에 들어주신 분과, 이 책을 판매
하기 위해서 노력해주신 서점 직원분들께도 크나큰 감사를.

여러분들 덕분에 오늘도 내일도, 그리고 아마 앞으로도 미카미
테렌은 살아갈 수 있습니다. 부디 읽어주신 뒤에 어쩐지 즐거운
기분이 되셨다면 좋겠습니다.

그러면 또 어디선가 만날 수 있기를 바라며! 미카미테렌이었습
니다!

후기

처음 뵙겠습니다.
타케시마 에쿠라고 합니다.
마카마테렌 선생님의 백합 라노벨의
일러스트를 담당하게 되어서
정말로 기쁩니다!!

어떤 캐릭터도 굉장히 매력적이고
캐릭터 디자인부터 작화까지 정말로 즐겁게
작업했습니다.

테렌 선생님의 멋진 작품에
조금이라도 보탬이 될 수 있었다면
좋겠습니다.

저자인 마카마테렌 선생님
담당 K하라 씨
디자이너 님.

정말로 감사드립니다!!

조금
계절에는 안 맞지만
산타복장 레나코.

내가 연인이 될 수 있을 리 없잖아, 무리무리! (※무리가 아니었다?!) **1**

2024년 7월 15일 1판 5쇄 발행

저   자 미카미 테렌
일 러 스 트 타케시마 에쿠
옮 긴 이 정백송
발 행 인 유재옥
담 당 편 집 정영길

부 사 장 이왕호
이   사 조병권
출판본부장 박광운
편 집 1 팀 박광운
편 집 2 팀 정영길 조찬희 박치우 정지원
편 집 3 팀 오준영 이소의 권진영
디자인랩팀 김보라
디지털사업팀 박상섭 김지연 윤희진
라이츠사업팀 김정미 맹미영 이윤서
영업마케팅팀 최원석 박수진 이다은
물 류 팀 허석용 백철기
경영지원팀 최정연
인쇄제작처 ㈜코리아피엔피
발 행 처 ㈜소미미디어
등   록 제2015-000008호
주   소 서울시 마포구 토정로222, 502호 (신수동, 한국출판콘텐츠센터)
판매 및 마케팅 (070) 8822-2301

ISBN 979-11-6611-241-6(04830)
ISBN 979-11-6611-240-9 (세트)